KB039910

나는 참 어려운 나

조항록 시집

나는 참 어려운 나

달아실시선
67

달아실

보조 용언과 합성 명사의 띄어쓰기 등 본문의 맞춤법은 시인의 의도에 따른 것임.

말과 글에는 시제가 있다.
삶은,
그렇지 않은 듯하다.

나의 삶에서
나는, 과거와 현재와 미래를
명료하게 구분하지 못한다.

삶의 시제가 뒤엉킬 때마다
나는 표정을 지우고
나는 가끔 허공에
시를,
썼다.(/ 쓴다./ 쓸 것이다.)

2023년, 또 한 번의 여름날
조항록

2부. 흉터와 흔적

3부. 잠과 환영

1부

통소와 순정

킬링 타임

시간 가는 줄 몰랐어 쥐도 새도 모르게 잃어버린 그 시간들은 멸망한 제국의 유물이었을 거야 막다른 골목과 빨랫줄이 늘어진 옥상과 해가 잘 들지 않았던 계단 밑의 시간들

도대체 얼마나 많은 날들을 정신없이 살았던 거야 품위 있는 식탐을 꿈꾸며 우아한 곁눈질을 모의하며 바닥이 없는 환락을 그리며 배부른 결핍을 찬양하며 슬프지 않은 이별을 배웅하며

시간이나 죽이려고 그렇고 그런 영화를 보고 싶지는 않았어 어차피 칼자루를 쥔 쪽은 시간이니까 고개 한 번 끄덕이면 장면이 바뀌는 거야 엄마를 태워버린 지도 벌써 십 년이 지났잖아

무심히 바람이라도 불면 우수수 시간이 쏟아지겠지 느티나무 아래에 누워 노랗게 물든 전 재산을 헤아려보겠지 스무 살을 팔아 쉰 살은 사도 쉰 살로 스무 살을 사지는 못하는 법

좀 슬어버린 시간이 낡은 가구처럼 버려졌어 정말 이렇게 시간이 가버린 줄 몰랐다니까 정말 이렇게 시간이 가버릴 줄 몰랐다니까 저기 잿더미는 얼마나 뜨겁게 활활 불타올랐던 거야

시간이 해결해주는 것은 욕망뿐이겠지 미움도 오해도 착각도 그대로인데 노래는 끝나고 날이 저물겠지 허리 굽은 욕망이 저 홀로 주저앉아 언젠가 보았던 목련을 그리워하겠지

순간의 기분

이십 년 전 일이 엊그제같이 느껴지는 신비한 순간이 있습니다 엊그제 일이 이십 년 전처럼 느껴지는 순간도 신비롭기는 마찬가지입니다

내가 세월을 사는 것이라기보다 세월이 나를 사는 듯합니다

심장을 어루만지면 어느 때 시월이 곁에 누워 서걱거립니다 옆구리가 방금 결리는가 싶더니 북아현동 철길 밑의 옛날이 귓속말을 건넵니다 지난밤의 초대를 거절한 오래전의 무례를 용서하십시오

이십 년 전의 나는 노인이었고 엊그제의 나는 어린아이였습니다 이십 년 전의 흔적은 새삼 상처가 되었고 엊그제의 실연은 매우 아득한 일이 되었습니다

나의 힘으로 내가 나아가는 것이라기보다 풍경이 나를 두고 떠나는 듯합니다

내가 그 일을 겪은 것이라기보다 그 일이 나를 물들인 듯합니다

마구 뒤섞어놓은 세월의 카드 속에서 가장 짓무른 기억 하나를 꺼내봅니다 과거는 현재가 되고 미래는 과거가 되기도 하며 나는 자주 나 아닌 것이 되어봅니다 순간의 기분이 이상하기도 합니다

목욕

1

발가벗고 바라보는 거울 속의 나는 젊다 거울 속의 나
는 나를 막 후회한다

사기치지 마라 거울 속의 나는 내가 아닌 것 나는 더 이
상 젊지 않고 후회는 나의 반성이 아니다

발가벗고 바라보는 거울 속의 내가 운다 거울 속의 나
는 내가 막 섭섭하다

엄살떨지 마라 거울 속의 나는 내가 아닌 것 나는 이제
연민이 메말랐고 누가 누구에게 섭섭할 것 하나 없다

2

침묵의 침례,

아무 변명 없이 죄를 씻어내야 할 때,

3

내가 저지른 일을 나 혼자 알고 있다 비밀이 나를 부정할
리 없다 내가 나의 눈치를 보는 날에 비누 거품이 아프다

발가벗고 바라보는 거울 속의 나는 투명하다 나조차
나를 찾지 못한다

아쉬워하지 마라 거울 속의 나는 일찍이 존재하지 않는
것 겨우 복사뼈만큼 달콤했고 방만한 비곗살만큼 어리석
었다

공공연한 비밀

함께해도 외로운 것.

염세적 견해라기보다 삶의 당위이니
온몸이 주술로 물드는 것.

붉은 피를 가졌다면
스스로 제물이 되어도 좋은 것.

폐허가 되어버린 심장에서
초식동물의 울음을 들을 수 있는 것.

모두 있어도 아무도 없는 것.

제단에 울려 퍼지는 종소리에
나뭇잎 하나 흔들리지 않는 것.

둥근 무릎에서 비애가 덧나고
저무는 눈동자에 그리움이 비치지 않는 것.

아무것도 놀랍지 않은 것.

여기가 발목을 붙잡힌 망망대해라서
섬과 섬 사이에 섬이 있는 것.

혼잣말이 늘어가는 것.

고뇌하는 돼지

돼지우리 속에서
우리 속의 돼지에 관해

더러움을 논論하고 역겨움을 설說하다
마비되어버린 감각을 토吐하다

꿀꿀거리는 고백과
비곗덩어리가 되어버린 기억과
코를 처박고 돌진하는 맹목

돼지우리 속에는
우리 속의 돼지가 산다

돼지꼬리만 한 지성과
아무렇게나 뒹구는 사랑과
자기 등을 바라보지 못하는 불안

돼지를 회의하는 돼지로서

구정물에 몸을 씻는 침례의 시간
악취를 체취로 여겨야 하는 치욕의 정신

돼지를 회의하는 돼지로서

아무것도 바라지 않으며
은밀한 오해와 편견으로 몸을 불리며

일각을 넘솟하고 일평생을 각覺하다
굳어버린 사유를 반反하다

아,
돼지우리 속에는
우리 밖의 돼지가 산다

의자 관찰기

다리를 하나 잃고도 넘어지지 않는 의자를 본다

질긴 삶의 속성을 응시하는 것이다

단 하나를 잃었을 뿐이므로 나머지를 포기할 순 없다는 처연한 생존

어쩌면 조금 기울어지기는 했으나 치욕은 아니라는 불균형의 위안

햇볕이 앉고 그늘이 앉고 새가 앉아 지친 부리를 닦아도 다리를 하나 잃은 의자는 넘어지지 않는다

단 하나를 잃었을 뿐이니까 운명은 계속된다는 천진한 용기

중력의 고통을 온몸으로 견디며 제자리를 사랑하는 허무

불가능의 속세를 엄정하게 산다

저항은 아닌 것

격투는 아닌 것

아직 성한 관절과 급소에는 물결 모양의 선량한 더께가
내려앉았다

다리를 하나 잃고도 빛과 어둠으로 숨을 쉬는 의자의
관성

졸음과 죽음 사이에서 모서리에 이마를 찧으며 버티는
거룩한 집착

개미가 깨물고 완두콩이 넝쿨을 뻗고 계절이 마른 가슴
을 툭툭 치며 지나가도 의자는 쓰러지지 않는다

저녁노을이 앉았다 떠나간 날에는 잠깐의 온기가 웅덩
이처럼 고이기도 한다

관용은 아닌 것

평화는 아닌 것

한 구석에서 망가진 것이 산다

비무장의 제단祭壇이 조용히 주술을 왼다

연역적 사랑

이유 따위 묻지 말 것
사랑이 일종의 가설일 수 있으나
절차를 따지며
자료를 들먹이며
사랑의 실존을 모르는 척하지 말 것

모든 변절이 가능한 세상에서
때로는 죽음마저 믿을 수 없는 것
무엇을 어떻게 검증할지
사랑은 아무 근거 없이
사랑으로 확인되는 것

나는 사랑한다, 라는 명제에서
단 하나의 결심은 출발하고
실험을 시도해도
증명을 요구해도
단 하나의 결론은 여기에 존재하는 것

마트료시카*

주머니 안에 지갑이 들어 있듯, 지갑 안에 돈이 들어 있듯, 돈 안에 생활이 들어 있듯

길 안에 방향이 들어 있듯, 방향 안에 망설임이 들어 있듯, 망설임 안에 가질 수 없는 것이 들어 있듯

소주병 안에 청춘이 들어 있듯, 청춘 안에 불화가 들어 있듯, 불화 안에 실존과 시대가 들어 있듯

칼집 안에 칼이 들어 있듯, 칼 안에 붉은 것이 들어 있듯, 붉은 것 안에 공포가 들어 있듯

집 안에 식구가 들어 있듯, 식구 안에 반성이 들어 있듯, 반성 안에 습관성 망각이 들어 있듯

나무 안에 그늘이 들어 있듯, 그늘 안에 여름이 들어 있듯, 여름 안에 추위와 허기가 들어 있듯

전등 안에 빛이 들어 있듯, 빛 안에 어두운 무엇이 들어

있듯, 어두운 무엇 안에 불안이 들어 있듯

　사랑 안에 욕망이 들어 있듯, 욕망 안에 순간이 들어 있
듯, 순간 안에 삶이 들어 있듯

　우연 안에 필연이 들어 있듯, 필연 안에 그가 들어 있듯,
그 안에 오래전의 그가 들어 있듯

　아버지 안에 아들이 들어 있듯, 아들 안에 아버지가 들
어 있듯, 아버지와 아들 안에 도돌이표가 들어 있듯

　멈춘 것 안에 흔들리는 것이 들어 있듯, 흔들리는 것 안에
명백한 것이 들어 있듯, 명백한 것 안에 슬픔이 들어 있듯

　내 안에 참 많은 내가 나를 품고 있는 나
　내가 누구냐고 나에게 묻고 또 묻는 나

　내가 바라보는 나는 전부 나일 수 있는 나
　내 안의 내가 나를 증명하는 나

내 안에 많은 내가 있어 나는 참 어려운 나
내가 나를 잘 몰라 나도 모르게 웃기도 하는 나

* 러시아 전통 인형.

물리적 슬픔

관성을 이해하는 사람으로서
한 말씀 드리겠습니다

아버지는 끝까지 아버지입니다
과거를 그리워하므로 언제나 과거에 머무릅니다
이미 미워하고 있으니 계속 미워합니다
천사는 끝까지 천사이고 악마는 끝내 악마입니다
북엇국을 좋아하면 명태의 씨가 마를 때까지 좋아합니다

무엇이 나를 옭아맸습니까?

무엇이 나를 망설이게 했습니까?

총알은 쉼 없이 날아가 총알입니다
잘못 들어선 길은 멈추지 않아서 미궁에 닿습니다
탄식이 거듭 탄식을 낳아 탄식의 내력이 끊이지 않습니다
관계는 죽는 날까지 관계를 들먹입니다
무릎을 꿇으면 굳은살이 박일 때까지 비겁합니다

나는 왜 인생을 받아들였습니까?

나는 왜 나를 설득하지 못했습니까?

세상에는 아주 많은 변화가 있지만
절대 변하지 않는
고집이 있습니다
관성이 타성이 되면
비로소 질곡의 생이 완성됩니다

관성은 상처의 크기만큼 커지고
두려움의 질량에 비례합니다
이런 것이 결과론적 패배입니다

관성을 이해하는 사람으로서
관성을 이겨내지 못하는 사람을 이해합니다

어쩌다 나는 벗어나지 못했습니까?

어쩌다 나는 돌아서지 못했습니까?

자각몽

1977년에 내가 몇 살이었더라? 그해에 산울림이 데뷔 앨범을 발표했다. 교실 밖 계단을 내려가던 젊은 여자 선생님은 〈아니 벌써〉를 웅얼거렸고, 무슨 까닭인지 나는 아직도 그 장면이 문득 생각나고는 한다.

기억해야 할 것을 잊고
지워버려도 좋을 일을 잊지 못하는

불가지不可知

잠을 설칠 때면 숫자를 헤아린다
나이일 수도 있고
잘못일 수도 있고
초읽기일 수도 있고
당신들의 얼굴일 수도 있고
다만 1부터 100까지일 수도 있고

밤은 길고 인생은 짧고

손톱 밑의 가시 같은 자취
먼지를 뒤집어쓴 골동품이여

온전한 잠을 방해하는 것은 불완전한 잠
축축한 진흙처럼 웅크리고 누워 숫자를 헤아려도
숫자로 변신한 나이와 잘못과 초읽기와 당신들의 얼굴
을 헤아려도
잠과 잠 사이에 기생하는 공중空中의 시간

아니, 벌써
밤을 하얗게 칠하는 것은 세상의 모든 무의미
유의미한 것이라고는 거의 남지 않은

길은 가깝고 인생은 멀고

장르는 흑백의 로드무비 또는
검고 붉은 필름누아르

언제부터 오랫동안 〈아니 벌써〉가 울려 퍼졌고
빗물 듣는 처마 밑에서 김광석을 들은 것은 또 언제였
더라
현실과 비현실이거나 구상과 비구상이거나
잠과 각성이 주고받는
기담奇談

가만있어 보자, 어디에서 밤나방이 한 마리 날아왔네
왼쪽 가슴에 내려앉아 리본이 되었네
리본은 기억의 증거
잠과 잠 사이에서 낭송하는 한 줄의 궁리

나의 꿈속의 나는
홀로 떠나와 울고 홀로 남겨져 울고
나 홀로 나를 바라보며 영영 울고

앞뒤, 없이
인과, 없이

잠은 얕고 인생은 깊고

기쁠까, 슬플까

빌린 책이 있듯 빌리는 삶이 있다면

진짜로 지겨울 때, 가슴이 뻥 뚫린 듯 허전할 때, 나 아
닌 것이 그리울 때, 도서관圖書館 같은 인생관人生館에 들러
다른 삶을 빌려 올 수 있다면

기쁠까?

어차피 다시 돌려줘야 할 삶이니, 괜히 이랬다저랬다 골
치만 아플 테니

슬플까?

내 곁의 사람들을 전부 바꿔야 하니, 처음 겪는 낯설고
신기한 일이 가득할 테니

슬플까?
아니, 기쁠까?

내가 산 책처럼 내가 사는 삶이므로 누가 함부로 찢어버릴 일은 없는데, 정체불명의 침으로 더럽혀지거나 제멋대로 밑줄을 그어놓아 어처구니없을 걱정은 하지 않아도 되는데, 두말할 것 없이 나만 가질 나의 것인데

빌린 책이 있듯 빌리는 삶이 있다면

너무너무 창피할 때, 좀처럼 달라지지 않을 때, 나 아닌 것이 근사해 보일 때, 인생관에 들러 내가 없는 삶을 빌려올 수 있는 영화 같은 일이 일어난다면

새로운 이야기가 펼쳐질 것이니, 굳이 지난 이야기는 기억하지 않아도 될 테니

기쁠까?
아니, 슬플까?

나는 뭘까?

내 삶의 주인공은 나라는 카피를 믿지 마

희망을 전단지처럼 나눠주는 사람들을 믿지 마

내가 울어도 배경 음악이 깔리지 않고
가도 가도 막장인지 채널이 돌아가잖아

주인공이라면 폼 한번 죽이게 잡아봐야지
죽을 때 죽더라도 찍소리 한번 내봐야지

인생은 드라마라는데
왠지 이상한 연속극이야

주인공이 너무 시시해,

재미없어,

다음에 궁금한 내용이 점점 없어져,

차라리 **내 삶의 조연은 나**라고 해
내 삶의 시청자는 나라고 해도 좋아

내가 좌절해도 기회는 주어지지 않고
마침내 하려는 말을 비장하게 할 수도 없지

주인공이 죽으면 연속극이 끝나야 하는데
끝날 것 같지 않아

삶이 끝나도 세상은 계속될 거야
내가 일찌감치 이상하다고 했잖아

미스터리

거기에 뭐가 있는지도 모르면서
줄을 섰다

풍경이 여러 번 달라졌고
종종 두통에 시달렸다

줄을 벗어나면 돌아올 수 없을 것 같아
이탈은 꿈도 꾸지 않았다

발목이 붓고 목이 말랐다
다 그런 것이라며 나를 달랬다

거기에 뭐가 있나요?
글쎄요, 누군들 뭘 알고 줄을 섰겠어요?

슬쩍 뒤돌아보면
다른 사람들이 새까맣게 줄을 이었다

아무것도 모르니까

그런대로 견딜 만했다

환영은 나의 힘

공중누각을 짓습니다
신기루에 나의 사랑이 있습니다

부재不在를 가득 세간으로 들여
생활의 기쁨을 만끽합니다

유치를 뽑아내면 영구치를 얻듯
실재實在가 사라진 자리에 무지개가 솟아납니다

실재가 괴로워 실재를 부정하면
아무것도 없는 충만이 펼쳐집니다

나를 버림받을 때면
이별의 고통을 희열하기도 합니다

별빛이 다 쏟아진 검은 하늘에는
무언가 캄캄해서 다른 이름이 반짝입니다

삼차원의 실재는 보이지 않고

여태 없었던 부재가 사차원에 있습니다

정오와 자정이 자리를 바꿔 만들어내는 낙원은
딱히 설명할 방법이 없습니다

허공을 누런 피륙처럼 재단해
하루 종일 망상의 옷을 만들어 입기도 합니다

보이는 것이 보이지 않아 보이지 않는 것이 보입니다
나의 지금은 착란이 아닙니다

나쁜 날씨

내 안의 나와 나의 밖의 나는
이를테면 이념이 다르다

적막을 바라는 내 안의 나와 외로움이 싫은 나의 밖의 나
불화를 꺼리지 않는 내 안의 나와 자주 화해의 손을 내
미는 나의 밖의 나

내 안의 내가 나의 밖의 나와 맞닥뜨릴 때
나는 어디서 왔으며 어디로 가는 것이냐

내 안의 내가 존재하므로 나의 밖의 내가 생동한다는
것은
순진한 평화주의자의 아포리즘

내 안의 나와 나의 밖의 나는
한순간도 어긋나버리는 부조화라서

내 안의 나와 나의 밖의 내가 애써 외면할 때
나는 무엇을 알 수 없고 무엇을 알고 싶지 않은 것인지

혼란을 놓치지 않으려는 내 안의 나와 혼란을 내쳐버리는 나의 밖의 나
내막이 궁금한 내 안의 나와 내막을 덮어두려는 나의 밖의 나

내 안의 나와 나의 밖의 내가 부딪쳐 천둥이 울고
내 안의 나와 나의 밖의 내가 번쩍여 번개가 내리꽂히고

나 홀로 내려다보는 창 밖에
폭우에 젖은 지상의 질문들이 고름처럼 흘러 다닌다

태풍주의보

그게 가능할까
사람의 앞길이 빤히 보일 때가 있지

벼락과 천둥을 동반한 분란이 일고
모진 풍파가 밀려오겠지

태풍의 눈에 들어서면
내가 왜 이럴까, 고요를 등지고 앉아
잠시 혼돈을 정리하겠지

유리창 밖 낮이 돌연 밤으로 바뀌면
어쩌면 좋아, 우주의 장난에
불안한 허밍을 목구멍 너머로 삼키겠지

먹구름이 통째로 쏟아지는 재해가 닥치고
퉁퉁 불어터진 비통이 범람하겠지

태풍의 길목에서 듣는 나무뿌리의 울음소리
마음의 소용돌이로 인연들은 빨려들고

역류하는 그리움이 떠오르겠지

태풍 앞에 거짓말은 남지 않아
전부 쓸어버려 아무도 사랑하지 않겠지

깨지고 부서지고 허물어진 것들이
이럴 순 없어, 때늦은 회한에
젖은 몸을 멍하니 게으른 햇볕으로 말리겠지

나는 아무 일도 일어나지 않은 것처럼
천천히, 소멸하겠지

팝콘을 튀기며

어디로 가고 있나?

방향 없이 길을 걷는 사람이 방향에 대해 생각한다. 프라이팬에 팝콘을 쏟으며, 안간힘을 쓰다가 펑, 하고 터져버릴 환상을 떠올린다. 펑, 펑, 펑, 잇달아 하얀 배를 뒤집어 보이며 결백을 항변할, 자신의 모든 사건들을 하나씩 되새긴다.

작은 일에도 사방으로 튀어버리는 미생未生, 무정한 시절을 기다렸으나 하루가 멀다 하고 가슴이 두근거린다. 이게 다 웃자고 시작한 여정인데, 요란하게 수선 떨어봤자 한바탕 웃고 나면 그만인데, 목마른 우듬지에 물오르듯 현생現生이 꿈틀거린다.

목적지가 없으면 이탈을 염려하지 않을까?

일제히 튀어 오르는 흰 비둘기들, 이곳의 소식을 적은 편지를 다리에 묶고 저곳으로 날아간다. 다사다난한 의심들, 질투들. 혹은 눈보라. 어느 날에는 내생來生의 말에 귀

기울인 적 있다. 돌풍이 불어, 돌풍이 불어, 생과 생 사이
가 멀다.

사위 잦아들고

아무 일도 일어나지 않았잖아, 자문할 때
펑, 펑, 자답하는 뒤늦은 소란.

어디든 다다르게 되는 고소한 운명이라 할지.
결말이 예정된 한 편의 파국이라 할지.

아, 가벼운 것들의 냄새.

나무젓가락을 쩍 가르다가

이쪽은 이쪽대로 살면 되고 저쪽은 저쪽대로 살면 그만
이다

안과 밖

앞과 뒤

영과 육

뭐 그런 이율배반과 자가당착이

덜 마른 빨래처럼 포개져 지지고 볶으면 어디서 쉰내가
나는지 분간도 되지 않았다

얼떨결에 사랑했던 날밤

괜히 흘러가지 못했던 웅덩이

아무렇지 않게 헤어지지 못한 한통속이여

허망해도 욕망하고 채워도 비워지고 젖어도 말라 있고
멀쩡해도 상했으니

반으로 쩍 갈라지면

새로운 쓸모를 가져볼 수 있으려나

성실히 더럽혀지는 쓸쓸함 말고 더는 사명이 남지 않았
으니

한 몸이었던 한때의 미련이여

서로 헤어져서 아름다운 연옥이여

아비의 마음

대학 다니는 아이가 군대 갔다 와 사들이는
벽돌같이 두껍고 무거운 책들

밑줄을 긋는 시간이구나
좀 더 절박한 문장에는 격류가 흐르기도 하겠지

(한번 시동을 걸면 중간에 멈출 순 없는 건가요?)

일생이란 것이 한 걸음씩 그깟 계단을 오르는 일인가
싶고
한 페이지를 다 읽으면 바로 다음 페이지로 넘어가야
하는 건가 싶고

밑줄을 긋는 시간의 적막과 인내가
불안과 의지가 아비는 못내 안쓰러운데

(새처럼 날아오르면 낭떠러지도 길이 될 수 있을까요?)

동심이 사라진 자리에 청춘의 황야가 펼쳐지고

기상나팔이 멈추고 나니 새벽의 자명종이 울리는구나

벽돌같이 두껍고 무거운 책들을 덮고 나면
그 뒤에는 무엇이 곁에 남아 서녘을 물들일 것인지

(다음이 없는 건 죽음뿐인가요?)

한 걸음씩 계단을 오르고 나면 뭐가 보일까 싶고
마지막 페이지를 읽고 나면 아득한 비밀이 풀리기는 할
까 싶고

방향과 각도에 따라 서로 다르게 해석되는 새날이
정말 있을까 싶은 바로 그 순간일는지

(삶의 의미를 찾는 것이 의미 있는 삶일까요?)

미래지향적 자세로 책상 앞에 앉은 아이에게
아비는 대답하지 못하는 메아리라서

'너는 어떻게 아름다울 거니?'
다만 이런 문장을 적어 커다랗게 별표를 하나 그려놓으렴

(그러면 저녁에는 고요가 찾아오나요?)

아비는 선천적 어리석음이라서
아비는 돌아오지도 못하는 수취인불명이라서

대답이 있는 것은 질문이 되지 못한다고
아비는 그런 믿음으로 너를 가만히 안을 뿐이라고

어쨌거나, 슬픔에 관한 수다

야구가 슬플 때가 있다 정확히 말해 내가 직접 야구를
하는 것은 아니므로 야구 중계를 보다가 문득 슬플 때가
있다

어느 주말 저녁이 무작정, 우울해지는 것

내가 응원하는 팀이 지는 날에 그런 슬픔이 찾아온다고
말할 수는 없다 제법 오래전부터 나의 슬픔은 승패와 관
련이 없기 때문이다 야구가 슬픈 날에는 티브이를 바라보
는 눈이 겨울바다처럼 그렇하다 뭔가 헤아릴 수 없는 것
으로 가슴이 먹먹해지기도 한다 나의 팀이 홈런을 쳐도
즐겁지 않고 나의 팀이 실점해도 화가 나지 않는다

나와 너의 구분 이전에 그냥, 우두커니 슬프기만 한 것

그날은 한 투수가 갑자기 스트라이크를 던지지 못했다
공이 사방팔방 엉망으로 날아다녔는데 증상이 심해지면
아예 공을 던지지 못할 수도 있는 스티브블래스증후군*
이 의심되었다 그렇지 않은가 어떤 사람에게는 공을 던지

고 받는 아주 기본적인 사회화조차 어려운 법이다 타율
1할 8푼의 백업 내야수가 실책을 범하는 순간에도 어디
서 겪었던 일인 듯 슬픔은 밀려온다 그는 이튿날 아침 다
시 2군으로 내려가 적자생존과 자연도태의 깨달음을 얻
고 영원히 잊힐 것이다 한 번도 타석에 들어서지 못한 채
육상 선수처럼 죽어라 달리기만 하는 대주자 전문 선수의
생명력은 어떤가 어느 한쪽의 이력이 조금 덜 뼈아플 것
이라는 견해도 있지만 너의 고통으로 나의 고통이 덜어진
다는 생각은 한 번도 해본 적이 없다

　누구와도 비교할 수 없는 것이 고통의, 절대성이라고
믿는 것

　얼마나 많은 사람들이 무기력한 스윙과 부정확한 송구
를 반복해야 하는지 얼마나 많은 사람들이 조롱과 야유
를 들어야 하는지 조명 꺼진 그라운드에는 뜨거운 입김의
잔해가 아무렇게나 나뒹굴 것이다 아무 일 없었다는 듯
열광의 반대편에서 천천히 새벽이 다가올 것이다 또 다른
슬픔의 퍼즐이 드라마 같은 다음 경기를 준비할 것이다

끝날 때까지 끝난 것이 아니다, 라는 말은 지속가능한 슬픔을 은유하는 것

야구가 슬플 때가 있다 몇 차례 더 그런 날이 반복되고 나서 나는 야구 중계를 보지 말자고 다짐했다 왜 내가 남의 인생을 바라보며 남의 인생이 아닌 무엇을 떠올리며 이렇게 흥분해야 하나 어리석기 짝이 없다는 상념에 잠겼기 때문이다 이기고 지는 것이 왜 중요한가 내가 나에게 윤리적 충고를 건네기도 했다 물론 내가 야구 중계를 보지 않아도 슬픔의 곡절은 계속 이어질 것이다 야구의 역사보다 유구한 인류의 역사를 살펴봐도 그것을 능히 짐작할 수 있다 인류가 사라지고 나서도 슬픔은 새로운 행성을 찾아다닐 것이다

어느 주말 저녁이 아무렇게나, 분명해지는 것

어디에서나 슬픔의 함성이 들린다

* 메이저리그 **투수 스티브 블래스의** 이름을 딴 증후군으로, 투수가 심리적
  인 이유 탓에 갑자기 제구력에 심각한 어려움을 겪게 되는 것을 말한다.

2부

흉터와 흔적

겨울잠

그대가 찬밥이면
차가워 얼음이 씹히면

몸 한번 부르르 털고
단단한 침묵이 되어요

생생하지 않게
분명하지 않게

깨우지 못하게
깨어나지 않게

죽음이 다할 때까지
속상한 이야기는 꺼내지 말아요

소망도 악몽도 없이
차갑게 잠만 자요

절교를 품다

말없이 말한다
안개가 뒤척이는 서늘한 길목에서

진심은
돌아오지 않는 여행을 계획하고

돌아오지 않는 것은
최후의 약속이라서

오래된 서랍 깊숙이 안녕을 넣어둔다
다만,

네 눈동자 안에서
나의 실물이 웃는다

동고동락

나의 무늬와 너의 무늬가 만나
생활을 적시면
그런 것을 얼룩이라고 부르자

꽃잎이, 뭉게구름이,
천국이 아니어도 상관없으니

갖은 사연이 뒤섞여 각인된 흉터 같은
일종의 문신 같은
그런 것을 얼룩이라고 부르자

지린내로, 찌개국물로,
애간장으로 만들어낸 눈물이어도 괜찮으니

나의 무늬와 너의 무늬는 잊고
미운 정까지 들어버린
그런 것을 얼룩이라고 부르자

감추려 하지 말 것

지우려 하지 말 것
부끄러워 달아나려 애쓰지 말 것

얼룩은 무늬보다 아름다운 인간의 언어
얼룩진 창문을 들여다보면
담요 안에 언 발을 넣고 모여 앉은 희극들

나와 너의 얼룩이 바싹 말라 먼지가 될 때까지
불가항력의 내막을
그런 것을 보석이라고 부르자

망각, 하다

도넛을 먹으며, 도넛같이 생긴
한가운데가 뻥 뚫린 기억이 만져져
뜨거운 것에 덴 듯, 놀랐지

언제 적 하루가 엊그제 같기도 해
그렇지, 그랬지

우리가 앉았던 식당과 우리가 먹었던 음식과
우리가 나눴던 이야기는 얼추 떠오르는데
우리의 관계도 다를 것 없는데

딱 하나, 그 후로 내가 너를 멀리하게 된 사정이
기억나지 않았네
이리저리 되짚어봐도
그만한 일이 작별의 이유는 되지 않았고
그만한 일로 누구를 싫어하는 게 말이 될까, 선뜻
받아들여지지 않았네

도넛을 씹으며, 도넛같이 한가운데가 채워지지 않는

새삼스런 기억이 툭 튀어나와
놀랐지, 우리는 있는데 나와 너는 왜 없을까

너의 잘못과 나의 미움은
잘못과 미움이라고 할 수 없는 것이었는지, 시간이 흘러
별일 아닌 기억은 남았는데
왠지 한가운데가 휑하니 쓸쓸했네

내가 너를 멀리했던 잘못과
네가 나를 미워했을 날들을 아무리 주워 담아도
도넛의 뻥 뚫린 기억은 채워지지 않았네

그날 너를 두고 내가 떠났지
너를 혼자, 도넛처럼 남겨두었네

어른 1

어른이 되면
하고 싶지 않은 일을 하지 않을 수 있어
그 말을 철석같이 믿었네

어른이 되면
하고 싶은 일을 맘대로 할 수 있어
그 말을 철석같이 믿었네

어디든 몸 누일 수 있으면
천 년쯤 일어나고 싶지 않은 오후

너무 쉽게 사람의 말을 믿은 것이 문제라면
파란 하늘을 파란 하늘이라고 부르지도 못했겠지

희망을 희망이라며 내일에 품지 못하고
당신을 당신이라며 내내 곁에 두지도 못하고

너무 쉽게 사람의 말을 믿은 것이 문제라면
그대로 귀를 닫아 감옥이 되었겠지

하고 싶지 않은 일을 하지 않을 수 없을 때
하고 싶은 일을 맘대로 할 수 없을 때

일찍이 어른이 되었을 때
어른이 싫어도 틀림없이 어른일 때
어른이라는 말을 철석같이 믿을 수밖에 없을 때

마음이 부르터 주저앉으면
천 년쯤 아예 죽어버리고 싶은 오후

너무 쉽게 어른에 지친 것이 문제라면
너무 쉽게 기대와 다짐을 잃어버린 것이 문제라면

어른의 불문율로 어른을 타일러야겠지
순한 양을 순한 양이라며 두 팔로 꼭 안아줘야겠지

안간힘을 다해 안간힘을 짜내라고
긍정을 다해 긍정을 찾아내라고

어른의 부조리로 어른을 용서해야겠지
어쩌다 울어도 어른 이전의 설렘은 깨끗이 잊어야겠지

어른 2

좀 더 아파볼까 해

참는 것은 미덕이고 견디는 것도 재능이니까

좀 더 기다려볼까 해

지루한 것이 일상이며 속는 것이 인생이니까

좀 더 떠들어볼까 해

혼자서는 심심하고 함께하면 외로우니까

그럭저럭하다 무서울 때면 두 눈을 질끈 감지

애들은

그걸 몰라

공갈빵을 먹는 시간

우리는 공갈빵을 먹는다
배고프지 않지만 뱃속이 헛헛해서

안쪽이 텅 빈 채 부풀어오른
인연을 서둘러 씹어 삼킨다

이따금 꿀맛이 느껴져
이런 게 사는 맛이려니 한다

허공을 먹을 뿐이라는 생각에 헛일 같기도 하지만
잠깐의 회의는 잊고
우리는 공갈빵을 먹는다

네가 한입 베어 물 때 바사삭, 경계를 허무는 소리 들린다
내가 한입 깨물 때 와락, 적막이 사라지기도 한다

사람의 행복이란 게
환청과 환시의 파노라마여서

공갈빵이면 어떠냐고 허울이면 대수냐고
우리는 믿고 싶은 것만 믿기로 한다

이런 것이 다 쓸쓸한 처신인 줄 알면서도
달리 함께할 방법을 알지 못해
우리는 공갈빵을 먹는다

공갈빵은 먹고 먹어도 얹히지 않는다
우리 사이가 이 정도밖에 안 되나 서운할 때 있지만

인정은,
그만하면 충분한 것이다

한 사람 건너

그 사람과 그 사람 사이에 있는 그 사람에 대해, 분명 그날 그 자리에 있었으므로 사진에 찍혔을 그 사람에 대해, 아무도 아는 사람이 없다.

누구나 알 만한 그 사람과 누구나 알 만한 그 사람 사이에 서 있는 누구도 추억하지 못하는 그 사람에 대해, 일말의 존재에 대해, 아무도 아는 사람이 없다.

수줍게 웃었는데, 공손히 두 손을 모았는데, 더벅머리 쓸어 올린 젊은 이마에 한낮의 햇살이 내려앉았는데, 정면을 바라보는 일이 쑥스러운지 슬그머니 고개를 기울였는데, 부동자세로 멈춰버린 어느 허공의 한순간.

수십 년이 지난 한 장의 사진에 아무도 알지 못하는 그 사람이 있다. 일곱 중 여섯은 이름이 기억되고 생애가 편집되는데 다만 그 사람에 대해서는 아무도 아는 사람이 없다.

한 사람 건너, 라고 불리는 사람.

한 사람 건너의 바로 그 한 사람이 사진 밖으로 걸어 나온다. 어디로 떠나려는 그 한 사람의 옷자락을 붙잡으려 할 때 우리가 우리의 고백을 듣는다.

새드 엔딩

그는

마지막 장면에서
울음조차 터뜨리지 못했다

아주 **빠르게** 체온이 식어갔다

개성적 결말은 성립되지 않았고
결국 모든 것을 받아들이는 운명

멋진 피날레는 인간의 영역이 아니므로

호주머니에서 꿈틀대던 죽음이
한꺼번에 쏟아져 내렸다

살짝 벌어진 입 속으로
차가운 밤안개가 드나들기 시작했고

어느 관점에서는 시퀀스 전체가

검은 잿더미로 변해버렸다

돌이킬 수 없는 일이 있다더니
돌이킬 수 없게 되었고

중요한 것은 중요하지 않아서
틀림없는 것은 틀림없을 이유가 없었고

불변의 법칙은 마지막뿐

미동도 하지 않던 관객이
조문객이 되었다

밤안개가 등을 적셨다

섬

서로 등 돌리고 앉아
흐린 불빛 속에 한낮의 오해를 펼쳐놓았지

너는 나를 바라보지 않았고
나는 너를 미워한 적 없어 결코 사랑한 적 없어

밤이 되어 서로의 술잔에 맹물을 따랐지
우리는 등 돌리고도 건배할 수 있는 불가사의

우리의 가식을 위하여
어쩌면 우리의 종말을 위하여

밤이 깊을수록 그리워하는 일이 점점 어려웠지
밤이 오면 오직 순간을 들이켤 뿐

순간의 영원을 궁리하며
나와 너는 서로에게 한눈을 팔았지

밤하늘에 낱낱의 별이 뜨고

각각의 별빛으로 붉게 물들어갔지

이별을 고하다

소문이 소문을 만들었다
말이 말을 만들었다

이유가 이유를 만들었다
한숨이 한숨을 만들었다

나의 소원은 멀어지는 것
신파는 쏙 빼고 요점만 챙기는 것

아무 일도 일어나지 않는 것
아무 얘기도 하지 않는 것

그만한 일로 다투고 싶지 않으므로
낼모레 우리는 모두 여기에 없는 존재이므로

내가 오직 나를 다독이는 것
내가 비로소 나의 말귀를 알아듣는 것

변하는 것이 변하는 것을 만들 듯

변하지 않는 것이 변하지 않는 것을 만들 듯

침묵이 침묵을 만들고
행간이 행간을 만들고

혼자가 아닐 적마다 외로움을 아는 것
혼자는 외로움이 아닌 것

상처 예방법

나는 너를 착각하지 않는다
실연의 골절이 나를 망가뜨리니까

네가 여기 있다고 믿어 손잡으면
바람 한 줌 부서져 내리니까

네가 나의 곁에 있어도
네가 나의 품을 파고들어도

나는 너를 바라보지 않는다
내가 너를 웃지 않는다

네가 따뜻해도 나는 겨울을 산다
봄이라고 꽃 피면 금방 꽃 지고 마니까

내가 너를 소망하지 않으면
내가 나를 미워할 리 없으니까

얼마나 명쾌한가

그럴 수 있다고 백 번 다짐하자

얼마나 단호한가
나는 슬퍼도 너를 살아가지 않는다

산책 1

모두 하나의 계절을 산다는 건 착각이야
나는 덥고 너는 춥잖아
그 노래, 멜로디는 같아도 완전히 다른 음악이야
한 사람의 운명은 사소하고 한 사람의 일상은 위대해
연말과 연시의 거리는 한 뼘도 되지 않지
가까워서 먼 것, 멀어서 가까운 것
네가 믿는 만큼 나는 의심하잖아
절망을 빼내면 희망이 차오를 것이라는 오만
텅, 비어 있어도 상관없어
나를 판단하지 말아줘, 제발
크리스마스에는 백팔배를 하고 싶어
무릎이 다 까지도록 굽실거리며 자존심을 지키고 싶지
공양을 마치면 아멘을 외쳐야 해
우리는 전혀 다른 불안으로 표정을 만드는 거야
딸아이의 손을 잡으면 익숙한 체온이 느껴져
세상을 오가다 보면 서로 막 뒤엉키기도 하는 건가요,
어머니
이파리를 다 털어버리니까 물이 부족해도 괜찮아
어떤 식물은 아예 초록을 모르고 죽지

나의 스텝으로 너를 잊고 싶어
앞으로 나아가니까 뒤가 궁금하지 않잖아
오늘이 지나면 우연히 내일을 만나겠지
샛길로 들어서면 용기가 샘솟을까, 궁금하기는 해
계속 걷다 보면 쉴 만한 곳이 있겠지

너에게

무엇을 넣느냐에 따라
무엇을 얹느냐에 따라

빵의 이름이 달라진다

반죽의 정성과 발효의 기술은
이름을 만들지 않는다

볼 수 없는
보이지 않는

반죽의 정성과 발효의 기술은
진심을 만든다

이름이 말하지 않는
이름으로 말할 수 없는

빵의 맛이 달라진다

어디 빵만 그렇겠느냐며
늙은 제빵사가 웃는다

아내의 속마음

그만하면 괜찮다는 말을
에라, 모르겠다
따져 묻지 않기로 한다

우리는 남남이니까
명백히 남남이고 어차피 남남이니까

내가 입을 옷을 내가 골라놓고
너에게 묻는 것은
논리적으로 맞지 않다, 어쨌거나

네가 남편이라고 해도
나를 속속들이 아는 척을 해도

어느 날 나는 아파 미치겠는데
그만해서 다행이라는 말을 듣게 되겠지

옷이 아니라 생로병사라고 해도
뭐, 그러려니 해야겠지

내 인생은 완벽히 나의 것이겠지

우리는 태생부터 다른 남남이니까
같이 살아도 같이 죽지는 못할 테니까

따져 묻지 않은 그 말은
이쯤에서 우리의 본질을 확인하라는 것
너는 내가 아니라는 사실을 명심하라는 것

나의 고통을 내가 고스란히 겪으며
누구를 원망하는 것은
감정적으로 옳지 않다, 그러거나 말거나

우리는 함께 밥을 먹지만
우리는 함께 이불 속으로 들어가지만

동문서답

- 허무해, 일장춘몽이야. 한바탕 봄꿈이라니.

- 삼월에는 우리 집에 기념일이 참 많아요. 생일이 두 번이고 입학식도 있잖아요.

- 한바탕 봄꿈이라니까.

- 그래도 인생은 아름답잖아요. 생일에는 케이크를, 입학식 때는 꽃다발을 사도록 해요.

- 요즘은 나비가 잘 보이지 않더구나. 호접지몽이야, 내가 나비인지 나비가 나인지.

- 삼월에는 개구리도 잠에서 깨어나요.

- 잠에서 깨어나면 우리는 여기에 없는 거야. 우리가 없는데 기념일이 다 무슨 소용이라니.

- 그래도 삶은 축복이잖아요. 기념일에는 맛있는 음식

을 실컷 먹을 수 있어서 좋아요.

 - 다들 먹고살자고 안달복달이구나. 열흘 붉은 꽃 없다
는데.

 - 꽃이 지면 열매가 달리잖아요.

 - 꽃이 지면 그늘이 달린단다.

 - 그러지 말고, 일요일에는 어디 가서 머리라도 식히세요.

 - 일요일에는 〈글루미 선데이〉를 들어야지. 빌리 홀리
데이가 좋은데, 자우림도 괜찮아.

 - 쇼펜하우어는 끈질기게 일흔세 살까지 살았어요.

 - 그 나이에 스스로 목숨을 끊은 가와바타 야스나리도
있단다.

- 일본은 가깝고도 먼 나라예요.

- 사람이 살고 죽는 데 국경이 무슨 상관이람.

- 아무튼 다른 나라 이야기잖아요.

- 사람 사는 게 거기서 거기지. 우리라고 다르지 않아. 한바탕 봄꿈일 뿐이라니까.

- 꿈이라도 즐겁게 꾸는 편이 낫잖아요. 삼월에는 우리 집에 기념일이 참 많다니까요.

- 그놈의 기념일 타령. 삼월에는 할머니 제삿날도 있단 다. 봄에는 이미 져버린 꽃의 그늘도 추념할 줄 알아야지.

- 죄송해요, 할머니를 깜빡 잊었어요.

- 아니다, 잠깐 다녀갔으니 금방 잊히는 법이지. 망각이 야말로 신이 인간에게 준 최고의 선물이잖니.

- 이번 제사상에 잊지 말고 수박을 꼭 올렸으면 해요. 봄수박이라 비싸겠지만 정말 먹고 싶거든요.

　- 다 산 사람 먹자고 차리는 상인데 무슨 상관이겠니. 아, 내가 진작에 허무하다고 했잖니.

미련

얼음 호수에 수련이 피었네
무슨 조화인지 몰라도 그런 일이 있네

별일 다 일어나는
아름다운 지옥,

아침이면 차가운 숨을 들이켜는 물가에서
하얀 꽃잎에 붉은 꽃술 가진
일필휘지 수련을 보았네

어디로부터 고요가 흘러오고
아무것도 없는 것처럼 수련을 보았네

보았네, 문장은 지워버린 지 오래
낡은 악기의 공명 같은 심정이 되어
참 맑고 추운 날
눈시린 기적을 바라보기만 했네

얼음 호수에 수련이 피었으니

한 번 죽은 그 얼굴 다시 볼까 싶었네

잊었잖아,
잊기로 했잖아

허구한 날 다짐은 쓸모가 없네

그의 순수

1

그의 심장에는 새까만 피가 흐르네
그의 옛날이 새까맣게 맑은 눈동자였으므로
새까만 활자들로 그의 청춘이 실컷 채워졌으므로
그의 연애가 새까맸고
식구들도 제 몫을 다해 하나같이 새까맸으므로
그의 산책이 새까맸고
그의 무명이 새까맸고
그의 타락이 새까맸으므로
그의 미래가 한 걸음 앞서 새까맸으므로

2

그의 머릿속에는 새까만 지성이 출렁이네
새까만 커피처럼 불면하는 시간이므로
새까만 인파에는 방향이 없으므로
혼자만의 밤들이 새까맣게 타들어갔고

지금껏 새까만 백지이므로
새까만 상상력으로 새까만 현재를 위로하므로
한사코 새까만 그날이 오고야 말 것이므로
실은 그의 모든 것이 새까만 것이고
새까맣게 찬란한 사실이 반짝이는 날들이므로

3

그의 숨소리 새까맣게 들리네
새까만 그의 허리는 새까만 햇빛이 안아주네

문상 가는 길

단 한 번뿐인 죽음입니다
거기에 슬픔이 있을지 모르겠습니다

단 한 번뿐인 죽음을 번번이 목격하느라
나의 슬픔을 어디에서 놓쳐버렸습니다

제법 많은 슬픔을 겪었으므로
아직 낯선 슬픔이 있을까 싶습니다

바람이 울다 나뭇잎들이 흐느낍니다
달빛이 검게 내려앉았습니다

단 한 번뿐인 것은 아무것도 없고
단 한 번뿐인 것은 아무것도 아닙니다

당신의 내가 그렇듯
나의 당신이 그렇듯

단 한 번뿐인 것은 참말이지 않고

단 한 번뿐인 것은 거짓말이지 않습니다

얼핏 오늘 가는 길이 어제 왔던 길입니다
마지막 다음이 처음인가 싶습니다

거기에 슬픔이 있을지 모르겠습니다
단 한 번뿐인 한순간 아무래도 모르겠습니다

잡담하는 사이

시간 있으면 잡담이나 하지, 아무 일도 일어나지 않는 행복에 대하여

오늘따라 커피 맛이 쓰지만 그럴 때가 있는 거지 뭐

이제 일 년 가야 두어 번 만나기 어려운 너의 얼굴이 그새 더 핼쑥해졌네

올해도 건강 검진을 받지 않는다며 불행은 예정된 길로 오는 것이 아니라며

정오의 햇살이 기다란 그림자로 만든 손가락이 설핏, 옛날처럼 푸르게 떨리네

사진은 찍는 순간보다 찍히는 순간이 어려운 법이야, 누가 너를 알겠어

누가 나를 알겠어, 농담에도 뼈가 있다는데 만날 흐늘거리는 아침을 뭐라고 하는지

사연 끝에 성을 빼고 달랑 이름만 적는 것, 그런 농염한 편지조차 주고받지 못하게 된다면 정말 사막 같겠지

사자로 태어나 염소 같은 젊음을 살고 생쥐의 노년을 맞는다면 얼마나 좋을까, 노인의 몸이 작아야 버려지기 쉽잖아

눈에 보이지 않지만 곁에 있는 것을 믿어 의심치 않는 불안이, 제발 나의 목덜미를 사뿐히 낚아채기를

단맛은 금방 물려도 쓴맛에 중독된 몸은 오래도록 잘못을 버릴 수 없네

잡담을 하는데도 자꾸 모르는 일들이 늘어가잖아

이미 매장해버린 진리를 이장하는 일에 동참할 의사는 없다고, 이것을 버리면 저것이 채워지는 내용의 속성이 싫다고

믿음이 다른 사람들을 불편해하지 말아야지, 비극보다 슬픈 희극이 있지

오랜만에 만나서 지겨운 것일 수 있어

그래도 별 탈 없이 두 시간이 흘렀잖아, 어느 나라에서는 아직도 별것 아닌 이유로 사람이 사람을 죽인다는데

아무것도 모르면 행복한 거야, 아무 일도 일어나지 않으면

다음에 시간 있으면 또 잡담이나 해, 아무 말이나 섞어보니까 즐겁게 헷갈리네 뭐

인간의 여생에는 해바라기하는 고양이처럼 잡담만 남는 것 같아

산책 2

사랑을 다 써버렸으니
두려울 것이 없나
젖은 낙엽 같은 수사마귀 한 마리
어떻게 살아남아
하염없이 가을을 걷는다
누구의 그림자인가
일말의 생을 바쳐 벗어야 하는 허물인가
벌써 바람이 차갑다
자칫 그 슬픔을 짓밟을 뻔했으니
하느님은 없다가도
아주 가까이 있는지

3부

잠과 환영

여백

플랫폼의 기차와 철로 위의 기차는 어느 쪽이 안녕할까? 목적지로 향하는 기차와 목적지에 다다른 기차는 어느 쪽이 행복할까?

우리는 질량을 비교할 수 있는 것일까, 그냥 그대로 절대의 가치일까?

기차 안의 사람들과 기차 밖의 사람들 중 어느 쪽이 지루할까? 아침에서 걸어 나오는 사람들과 저녁으로 들어가는 사람들 중 어느 쪽이 가벼울까?

사람들은 서로 남남일 뿐일까, 언젠가 한 번쯤 인연이 닿았을까?

커튼을 내린 창문과 풍경이 내걸린 창문은 어느 쪽이 평화로울까? 곁을 비워둔 여정과 동행이 있는 여정 중 어느 쪽이 더 외로울까?

몰입은 밖에서 안을 들여다보는 것일까, 안에서 밖을

내다보는 것일까?

처음 가는 여행지와 다시 가는 여행지는 어느 쪽이 축복일까? 미처 만나지 못한 당신과 너무 오래 만난 당신은 어느 쪽이 행운일까?

남겨진 날들은 속절없는 파도일까, 지리멸렬한 해와 달일까?

마음의 허기와 몸의 허기는 어느 쪽이 치명적일까? 낭만적 여행기와 실용적 여행기 중 어느 쪽이 호기심을 불러일으킬까?

육체가 영혼을 가둔 것일까, 처음부터 자유로운 영혼이란 없었던 것일까?

폭염의 서정

매미들이 아등바등 운다
삼복보다 더 뜨겁게
짧은 이생을 건너간다

슬퍼요
너무 슬퍼서 미치겠어요

슬픔이 넘쳐흐르면
어느 누구도
괜찮아질 것이라 위로하지 못한다

매미들은 철저히 매미들만큼 운다
땡볕만큼 요란하게 제 몸을 두드려댄다

슬픔이 펄펄 끓어오르는데
하얗게 타버린 대지는
그늘 한 점 없이 안부를 묻지 않는다

슬픔은 대화할 수 없어서

슬퍼하는 목숨은 슬픔을 똑바로 쳐다보지 못해서

죽어라
제 가슴에만 울음을 쏟는다
불구덩이 속의 장작처럼 슬픔을 절규한다

잠깐을
다들 이렇게 살아내는 걸까

다하지 못할 말을
다들 이렇게 비워내는 걸까

슬픔의 온도를 알 리 없는 모과나무를 붙들고
매미들이 구구절절 운다

다이어트 비법

싸움은 날마다 벌어지는 것. 뱃속을 가득 채우고 싶다는 본능 억제하기. 본능이 저지른 실수를 반성하며 억지로 짓밟아버린 본능의 슬픔을 추념하기. 뱃속을 채우고 나면 한없이 게을러졌던 오만을 떠올리기.

오로지 나의 속도로 숟가락을 움직이기. 굳이 다른 사람의 숟가락 크기를 재거나 재빠른 손놀림을 부러워하지 말기. 나의 밥그릇을 비우고 나면 절대 곁눈질하지 말기. 냄새조차 내 것이 아니라며 무심하기.

걷기. 걷기. 무작정 걷기. 살아 있으니 걷는 것을 숙명으로 받아들이기. 모름지기 진리는 일상에 있는 것. 진리가 나를 자유롭게 하리라. 열심히 걸어 고요히 목적지에 다다르기. 거기서 날숨 한번 시원하게 내쉬기.

누군가의 말랑한 속삭임에 솔깃하지 말기. 눈에 보이는 것이 전부 실재하는 것이라 착각하지 말기. 환청과 환영에 속아 여태껏 걸어온 길을 망가뜨리지 말기. 순식간에 허물어지기도 하는 몸과 마음에 주의하기.

저녁 6시 이후에는 상념 따위 갖지 않기. 몸속에 스며들면 그대로 군살이 되고 마는 저녁 6시 이후의 오욕칠정을 멀리 내던져버리기. 텅 빈 여백으로 잠자리에 들기. 내일의 허기는 내일 생각하기.

한없이 가벼워져 깊이 가라앉기. 과잉의 결핍을 느끼지 않기. 외로움과 불온함이 비만으로부터 나를 해방시키리라. 가장 확실한 방법은 굶는 것. 그것을 알아 쉽게 몸무게에 대해 떠벌리지 않기. 고작 몸무게에 대해 운운하지 않기.

썩어서 달콤한

사과의 썩은 부분을 도려내다가, 차라리 성한 부분을 모조리 베어내면 썩은 것만 남지 않을까 생각했지.

먹을 수 있는 것은 놔두고 먹을 수 없는 것은 버리라는 법이 어디 있어?

썩은 부분을 썩었다고 쉽게 단정 짓는 것은 나쁜 버릇이야.

썩은 것처럼 보여도 썩지 않았을 수 있고, 성한 것처럼 보여도 착하고 아름다운 이야기만 간직한 것은 아니지.

정말 그것이 썩었다 해도, 오직 썩었을 뿐이어서 쓰디쓴 참회가 시커멓게 뭉개져 있다고 해도 경멸하지는 마.

어떻게 마땅히 버려져야 할 것이 있겠어?

썩은 부분이 성했을 때부터 언젠가 썩을 운명이었다면 얼마나 가슴 아픈 일이겠어?

사과가 썩는 이유를, 썩어서 잘려 나가는 까닭을 속 시원하게 설명해줄 경전은 어디에 있나 몰라.

성한 부분을 모조리 베어내고 남은 썩은 것을 들여다봐, 누구나 함부로 칼질하는 말 못 할 순수를 가만히 지켜보라고.

사과의 썩은 부분을 모아놓으니 낯익은 폐허 같은걸?

사과의 썩은 부분이 뭔가를 궁리하는데, 설마 썩어버릴 미래는 아닐 거야.

마음만 굳게 먹으면, 단물이라곤 한 방울도 없는 썩어버린 폐허도 달콤하게 살아갈 수 있지.

성한 부분만 골라 먹다 보면 썩은 것의 고독한 여행을 절대로 이해할 수 없어.

여기에 없는, 어느 때 내다버린, 지독한 사랑을 떠올려봐.

사과의 성한 부분을 모두 베어내니까 갑자기 없던 용기가 생겨.

썩은 것만 모아놓아도 사랑을 고백할 수 있을 거야, 누가 뭐라고 하든지 다시 한 번 죽을힘을 다해볼 수는 있을 거야.

소년의 취미

1

소년은 지리부도 보는 것을 좋아했다
한 번도 자기 동네를 벗어나본 적 없던 소년은
자주 낯선 땅과 모르는 사람들과 이역의 언어를 떠올렸다
; 익숙한 것이 우리를 병들게 하지

소년은 작고 나약했으나 상상 속에서 자유로웠다
톨스토이를 만나기 위해 아스타포보역에 다녀온 것쯤은
사소한 에피소드에 지나지 않았다
지리부도에는 소년의 기도가 들어 있었다
; 한 줌의 숨결이 어디로든 벗어나게 하소서

소년이 얼마나 아름다운 단어인지
소년은 알지 못했지만 어디에나 오래 머물지 않았다
알사탕 하나를 녹여 삼키기 전에
소년은 지리부도의 많은 지명을 또렷이 기억했다
; 한 잔의 차가 식을 때까지만 한 곳에 머물기

2

그럼에도
그 후로 오랫동안
모든 것은 제자리였고
모든 것은 봄여름가을겨울
; 모든 것이 어쩔 수 없는 삶이여

3

소년은 어른이 되어서도 지리부도를 버리지 못했다
현실을 견디게 하는 것이 현실일 리 없으므로
소년이 아닌 소년은 번번이 빛바랜 세계를 뒤적였다
; 오늘을 살게 하는 것이 오늘일 리 없으므로

소년을 다 잃어버리고 흐린 것들이 쏟아지던 밤
소년의 그림자 쌓인 지리부도에 점점이 불빛이 밝았다

다시 지리부도 어딘가
은밀한 지명을 한때의 소년이 걸어가고 있었다
; 옛날은 죽지 않고 사라질 뿐

소년은 지리부도 보는 것을 좋아했다
눈을 감고 아무 데나 손가락으로 가리키면
그곳에 자유가 있었다
소년을 다 잃어버리고도 잊지 않는 환상이었다
; 나를 견디게 하는 것이 나에게 있지

4

한 소년이 있었다
제 가슴에 여행을 박제한
; 제자리를 쉬지 않고 걸었다

안경을 벗다

여기까지 걷느라 희미해졌으니

희미한 것이 불편하지 않은 것

나를 교정하는 부자유를 벗으면

미간을 찡그리는 아름다운 집중력

아내의 주름이 사라지고

지금의 언짢은 것들 생각나지 않고

가까이 머무는 타인들은 아무튼 남남

비로소 보이는 눈먼 사랑이라서

희미해지는 미움의 고비라서

희미한 것이 후회하지 않는 것

극사실주의로 치닫는 현재는 허망해

희미한 것이 지우는 분별과 결심

희미한 것이 피워내는 무심한 찬란

아무것도 아닌, 나의 나

도살

짐승들의 내장을 꺼내는 남자의 손이 충혈됐다
김이 모락모락 피어오르는 삶의 여진에 주위가 아득했다

일상의 힘이 염통을 움켜쥐어 다른 염통들 쪽으로 던졌다
허파는 허파끼리 창자는 창자끼리 서로 눈물을 닦아주
었다

그 안에 그런 것이 숨죽이고 있었군
그 안에서 그런 것이 어떻게든 버텨내고 있었군

기다란 혓바닥으로 발등을 핥던 생명들은 이제 어디로
가나
지리멸렬한 일대기를 다 물들였으니 어느 일몰의 길을
걸을까

두려움에 갇혀 고립과 퇴락이 응어리지면 어떤 절망을
만들어내는지
한 번도 초원을 달려본 적 없는 초식동물이 어떤 후회
를 갖는지

거죽을 벗어던진 짐승들의 내장은 아무 말 하지 않았다
내장이 빠져나간 거죽은 의미를 잃어버린 살과 뼈로 남
았다

삶을 해체하는 주검의 의식
오래된 몸을 파헤치면 붉은 슬픔이 흥건하고

짐승들은 영혼을 갖지 못하는 걸까
짐승같이 살아 하늘에서는 별 하나도 떨어지지 않는 걸까

아무 말 하지 않았지만 남자의 가쁜 숨이 벼랑처럼 깊
어갔다
짐승들 대신 남자가 그림자밖에 없는 실체로 남았다

관점의 차이

우는 새와 노래하는 새가 있다
새는 관점에 따라 서럽게 울기도 하고
딱딱한 귀에 솜사탕 같은 음악을 들려주기도 하는데

오해하지 마시라
우는 새와 노래하는 새는 다른 새가 아니어서
같은 몸으로 같은 목소리를 내는 한 마리의 새일 뿐

내가 한 마리의 새처럼 하나의 아침을 모의한다 해도
누가 바라보는 나는 천사에 가깝고
누가 흘겨보는 나는 악당에 가깝고

한 줄의 문장은 얼마나 다르게 해석되는지
그러니까 관점에 따라
나의 숨소리는 감탄으로 들리거나 탄식으로 들리겠지

나아가는 길과 돌아오는 길이 있다
길은 앞과 뒤로 나뉘지 않는데
어느 방향으로도 걸을 수 있는 한 줄의 미지일 뿐인데

한 마리 새의 지저귐이 울음이기도 하고 노래이기도 하니
다시 말해 관점에 따라
길이란 길에는 이쪽과 저쪽이 있고 시작과 끝이 있으니

순전히 관점에 따라
복날의 천지간에 가을바람이 불기도 하는 것이다
어디에도 없는 네가 어디에나 있기도 한 것이다

식물의 병

화분 밖을 벗어나본 적 없는 식물이
병들었다
체관이 뒤틀리도록 햇빛을 좇는 불치

화분 밖을 벗어나본 적 없는 식물의 병은
햇빛의존증
아니면 더 나아가 햇빛중독증

몇 번이나 화분을 돌려놓아도 소용없는 일이다
전부 내줄지언정
하나는 포기하지 못하겠다는 멀어버린 눈
깊이 빼앗긴 마음은 제어되지 않는다

일생을 휘어지게 만드는 무엇이
끝까지 집착하고야 마는 어떤 병이
온몸을 기대지 않으면 살아가지 못하는 맹목이

물아일체物我一體의 성찰인 양
성속일원聖俗一元의 경지인 양

내가 문득
푸른 잎사귀들처럼 햇빛에 반짝이다가
햇빛의 환각에 눈부시다가

그럴 수 있겠구나
아, 자기도 모르는 사이에 그럴 수 있겠구나
몇 번의 옛일을 되돌아본다

귀신 이야기

잠을 자던 딸아이가 고함을 내질렀다
자기 방에서 섬뜩,
뭔가 희끄무레한 기운이 느껴졌다는 말인데
귀신을 떠올린 것이다

사람이 죽으면 귀신이 되나
그게 아니라면 현실의 바깥에 어떤 신령神靈이 있나

죽은 사람보다 산 사람이 무서운 법이고
현실의 바깥에 다른 세계가 있다면 다행스럽기도 한데
귀신은 정말 있을까, 귀신 따윈 없다고 딸아이를 달래며
나는 어째서 등 뒤가 궁금해지는 걸까

한밤에 목덜미가 서늘했던 시골집 변소
분명 혼자인데 누가 덜컥 어깨를 건드리던 새벽녘의 엘
리베이터
그리고 심한 몸살을 앓던 그날,
뒤척이는 나를 빤히 내려다보던 눈동자는
단지 귀신을 상상했기 때문일까

나는 모르겠다, 귀신이 있다면
몸 안에 거居하나 몸 밖에 거하나
나도 죽으면 귀신이 되나

손끝까지 새파랗게 질리는 날들이 있으므로
귀신은 어디에나 있는 것인지

겁먹은 딸아이를 데려와 품 안에서 재우며
나는 도무지 모르겠다, 아비라면 귀신도 물리쳐줄 것이
라 믿고
평화롭게 잠든 딸아이의 얼굴이 어여쁠 뿐
귀신은 있거나 말거나
사람의 행복으로 지나가는 또 하룻밤

질투 맛

요즘 들어 질투를 즐겨 먹습니다.

질투는 처음에 쓴맛이 우러나는데다 질감이 거칠어

그 진미를 만끽하기 쉽지 않은 음식입니다.

소화불량이 잦다면 자칫 낭패를 볼 수 있지요.

지난 삼복에는 보양식이라도 되는 양 질투를 푹 고아
먹었습니다.

뚝배기에 한 그릇 담아놓고 보니 이열치열이 따로 없더
라고요.

질투를 많이 먹으면 마지막에 숨이 쉽게 안 끊어진다는
속설이 있지만

사는 일이 버거운데 죽는 일까지 염려하겠습니까.

질투는 날것 그대로 양념 팍팍 넣어 무쳐 먹어도 맛있
습니다.

미움으로 간하고 조롱 몇 방울 두르면 감칠맛이 끝내주
지요.

먹어보지 않은 사람은 그 맛을 알 수 없습니다.

당연히 먹어보지 않은 사람이 그 맛을 알 리 없지만

어디 소문내고 먹기에는 망설여지는 것이 사실입니다.

따지고 보면 질투에 입맛을 다신 지 적지 않은 시간이

흘렀습니다.

어릴 적에도 꽤 질투를 좋아해 엄마한테 타박을 듣곤
했지요.

애늙은이처럼 벌써 그런 음식을 찾느냐면서 말이에요.

그런데 나이 들수록 점점 더 질투에 군침을 흘리게 되니

어린 시절 입맛이 평생 간다는 어른들 말씀이 맞나 봅
니다.

고향의 맛 어쩌고 하는 클리셰를 아시잖습니까.

질투는 뭐니 뭐니 해도 삭힌 질투가 최고입니다.

곰삭은 장아찌나 묵은지의 깊은 맛에 중독되듯

삭힌 질투에는 잊을 만하면 다시 생각나는 치명적 매력
이 있습니다.

가슴을 막 헤집고 콧구멍에 겨자를 뿌리는 그 맛을

속이 화끈 아리고 눈물 쏙 빼게 하는 그 맛을 어떻게 잊
을는지요.

요즘 들어 즐겨 먹는 질투에는 자주 반주를 곁들입니다.

누구랑 어울려 먹기보다 혼자서 넌지시 그 맛을 음미합
니다.

취기가 바짝 오르면 편식과 과식에 대해 고민하다가

몇 젓가락 남지 않은 질투에 쓸쓸하기도 합니다.

당신은 내 입맛의 이력을 속속들이 헤아리는 사람이니

나의 질투를 아껴두었다가 심심한 날에 조금 보내드리

겠습니다.

차마 더 먹지 못할 만큼 먹을 수밖에 없는

나의 질투를 맛보며 나를 미워하셔도 괜찮습니다.

민담

— 공부 이야기

밥상이 책상이기도 한 시절이 있었다. 공부는 먹고살자고 하는 것이기도 해서, 밥상과 책상의 경계가 그리 삼엄하지 않았을 것이다.

하루를 연명하는 사람들이 공부의 힘을 믿어보기로 했다. 찌개냄비에 눌려 그슬린 밥상 위에 교과서를 펼쳐놓으면 누구도 시비 걸지 못하는 정답을 찾을 수 있으리라, 교과서적으로 무궁한 영광의 앞날을 기대했다. 우두커니 말문 닫기 좋아하는 어느 집 아이가 공부는 먹고살자고 하는 것이 아니다 문득 회의했지만, 선대의 바람을 후세가 받드는 것을 인륜이라 들어 아무 말도 하지 않았다.

그 아이는 남몰래 불가지전서不可知全書를 완독했다. 생로병사와 사단칠정에 대해서는 본전本傳을 넘어 외전外傳까지 꿰뚫어 섭렵했다. 인간은 만들어지는 것이 아니라 태어나는 것이어서, 그 아이는 말문을 여는 대신 생각을 여는 날이 늘어갔다. 하여 그 아이는 겁도 없이 천문비기天文秘記에 발을 들였다. 지구는 무수한 별들에 둘러싸인 유일한 신비가 아니었고, 지구의 은하마저 모래알처럼 많

129

은 은하 중 일부였다. 혹시 지구의 우주마저 여러 우주 중 하나가 아닐까, 한 줌의 인생이 티끌만 한 관능으로 하늘을 올려다보았다.

공부는 먹고살자고 하는 것이기도 한데, 아이의 공부는 걸핏하면 먹고사는 일과 불화했다. 그에게 밥상은 밥상이고 책상은 책상이었다. 화살이 공기를 불사르는 속도로 세월이 흘렀고, 아이는 아는 만큼 병들더니 아는 만큼 슬프고 환멸에 빠졌다. 드넓은 광야를 홀로 걸어가는 노인이 될 때까지 공부를 멈추지 않았다는 풍문이 들렸다.

그로부터 얼마 후, 세월만큼 공부는 달라졌다. 공부가 먹고살자고 하는 것이 아니라고 말하면, 그러니까 옛날의 그 아이와 같은 생각을 가지면, 공부는 손목이든 발목이든 부러뜨려 혹독한 대가를 치르게 만들었다. 공부는 역시 힘이 셌다. 가슴의 봉인을 뜯어 저 너머로 질문을 띄우기라도 하면 사람 하나 허수아비로 만드는 것쯤 누워서 떡 먹기였다. 공부가 먹고살자고 하는 것일 뿐이라고 분명히 믿어야, 공부는 사람을 성실하게 길들였다. 배가 부른데 가끔 눈시울이 붉어졌다.

　이제 밥상이 책상이기도 한 시절은 완전히 지나갔다. 공부는 오로지 먹고살자고 하는 것이어서, 오로지 살아 있는 것의 살아가려는 생활이어서, 옛날 그 아이의 공부는 자꾸만 눈물을 심는다. 거기에는 더 이상 생명이 자라지 않는다. 노인이 된 그 아이는 멀리 떠났고, 아무도 그를 궁금해하지 않는다.

질서

아내가 죽은 옆집 남자는 사지를 허둥거린다
질서를 잃어버렸다

당연하게 여겼던 것들이 당연하지 않고
무심코 지나쳤던 일들에 은유가 있다

별안간 엉망진창이 되어버린 것에 대해
눈 깜짝할 새 사라져버린 것에 대해

때가 되어 달라지고 때가 되어 알게 된 것에 대해
아내가 죽은 옆집 남자는 말없이 중얼거린다

바람을 움켜쥐려다가 바람만 움켜쥐려다가
아내가 죽은 옆집 남자는 쓸쓸히 찬밥을 먹는다

성실한 계절을 잃어버린 식물인 듯
아내가 죽은 옆집 남자는 누렇게 시들어간다

하늘과 땅 사이 제일 무서운 비밀은 섭리

보이지 않는 섭리가 만물을 계획하고 실천하므로

한때의 섭리가 질서를 만들었던 것이다
아내가 죽은 옆집 남자는 실타래같이 헝클어진다

어느 날 와장창 질서가 깨져버린 옆집 남자는
창가에 젖은 빨래처럼 앉아 무질서한 하루를 말린다

질서가 일상을 가져왔던 것이다
질서가 아내를 데려다주었던 것이다

고수

고양이가 눈으로 구름 솜사탕을 먹는 중

고양이가 앞발로 햇볕 한 줌을 만지는 중

고양이가 혓바닥으로 평화를 핥는 중

고양이가 꼬리로 바람과 장난을 치는 중

고양이가 뒷발로 심심함을 밀어내는 중

고양이가 발톱을 내밀어 졸음을 쫓는 중

고양이가 털을 고르며 추억을 털어내는 중

나를 봤으면서도

모르는 척

고양이가 시치미 떼고 자기 할 일만 하는 중

세상사 안중眼中에 없이 느리게 저물어가는 중

잠 못 이루는 밤

누군가 기침을 했다
잠 속으로 안개가 번지는 밤

내가 보았으므로 내가 보지 못한 것이
가슴에 깊은 발자국을 남겼다
독수리가 헤집어놓은 듯
유혈이 낭자한 것들

일각수를 흠모하여 걸음을 재촉하던 날에는
나의 살점이 아름답게 뜯겨
하늘의 별이 되었는데

어둠에 묻혔다가
대낮이면 슬그머니 허밍하던 별빛들
아무도 알아채지 못한 다른 나라의 기척들

한나절의 꿈이었지
나비 한 마리 문을 열고 어디로 훨훨 날아가버렸지

왼쪽으로 고개를 가누면
아무 말 하지 않으면서 모든 것을 말해주는
어제가 있고
고개를 돌리면
또 다른 어제가 검은 눈동자를 반짝여
질문이 답이 되는 질문으로 자꾸만 망각을 씻어내고

불면은
너그럽지 못했던 경험과 관찰의 응답

다시는 생각 말자고
폭풍우를 부르면 산산이 부서지는 밤
내가 나에게 복종할 순 없을 것 같아
잠 속으로 연민이 차오르고

날 새워 기침소리 가득한 우주의 한쪽

달빛이 하도 좋은 밤

어제에서 거짓말을 다 발라내면
가시처럼 당신이 남습니다
절반 넘게 저문 달이
그림자보다 느리게
두 발을 어둠에 담그며 어디로 걸어갑니다

지난날이 아름다웠다는 말에는 절규가 없어서
용서가 구원이라는 말은 너무 달콤해서
아무런 표정도 짓지 못할 형편입니다
괴로운 만큼
그리하여 밤이 낮이고 낮이 밤인 만큼
무기력과 무중력의 어디쯤에서 세월이 바짝 말라갑니다

잘 지내시는지요
여태 죽지 않은 당신이 아직 살아 있지 못한 내게 묻는
다면
당신이 자꾸 목에 걸려 한 걸음도 내딛지 못해요
답장이 되지 못한 글자들이 애처롭게 발만 동동 굴러요
혼자 중얼거리며 아프겠습니다

그 밖에 인생이 무엇을 할 수 있겠는지요

그 밖의 무엇을 꿈꾼다는 것은 착각입니다
이미 많은 것이 달라졌으므로
골똘히 생각하지 않을 일만 생각하기로 합니다
머지않아 잘려 나간 손톱 같은 우울한 달이
다른 거짓말로 하루를 채우며 여생을 보낼 테지요

우리는 어째서 수십 년째 악몽을 걷는 걸까요
뜬눈으로 잠을 자듯 편견의 골목들을 몽유해온 걸까요
그래도 한 번쯤 목을 길게 빼고
세상의 거의 모든 각도와 기울기를 탐구하다가
당신을 망상하는 것은
황홀한 낭비
또는 환각

자꾸만 밤이 깊습니다
낮도 그만큼 깊어집니다

깡깡 얼어붙는 밤

겨울이 반쯤 외면하고 있다
한 달째 눈도 내리지 않는
제자리

일없이 마음을 여닫으면
헐거워진 경첩이 삐걱거리고

12월과 1월
가장 나중과 맨 처음
이런 삶과 저런 삶
그 사이에서 소문을 짓는
뒤척임

아무것도 아니라고 생각하면
아무것도 아닌
봄은 멀고

천국을 닮은 사람은
없다고 믿어

외롭지는 않은데

사랑을 팔아 미움을 사서
일용할 양식을 마련하는
사사로운 죄

내부와 외부를 가로막은 유리창에
성에가 번지고

여생을 감아놓은 두루마리 휴지처럼
아무렇게나 닦아내다
미지가 미지인 채
입에 붙어버린 후렴

살지 못해 죽거나
죽지 못해 살거나

다시 밤이 되어 한 줌의 등불을 밝히면
담요를 끌어당겨 무릎을 덮으면

와르르 바닥에 쏟아놓는 고요

세속을 벗어던진 별자리를 향해
최후의 습관이 흘러가고

오랫동안 아무도 머물지 않은 듯
인기척이라고는 없는
불가능

그러니까, 깡깡 얼어붙는 밤

내가 아닌 나의 밤

기척 없이 손님 오듯 우울한 미래가 영혼에 스며들었다

케이지 안으로 불쑥 손 들이밀어 닭 모가지를 낚아채던 당신을 어디에서 보았는가

탕진하지 말아야 할 것까지 모두 탕진한 영혼을 찾지 않기로 했으나

다시 영혼을 운운하는 까닭은 어떤 두려움 때문, 고독과 권태를 물리치고도 남는 새하얀 공포 때문

한 줌도 안 되는 생명의 심장에 칼이 박혀 뜨거운 지옥에 던져지면

하늘에 잠깐 먹구름이 지나가고, 한 세월의 파노라마에 후다닥 폭우가 쏟아지고, 난생처음 들어보는 진혼곡이 들려오고

그럼에도 우리는 왜 사랑하고 미워할까

왜 사랑 없이 미워하고 미움 없이 사랑할까 그렇게 헛것을 믿어 마침내 홀로 남겨지는 것일까

누가 창문을 두드리고, 그 소리에 귀 기울이면 일생의 뒤켠에 섬뜩한 그림자가 드리워지고, 남은 시간에 소름이 돋고 소름이 돋고

잘 모르는 사람이 안부를 묻듯 미래를 베껴놓은 과거가 등을 어루만진다

냉큼 돌아보면 아무도 없는데 오랫동안 슬픔이 영혼을 젖게 했다

내가 아닌 나여,

미궁의 밤이여,

여기저기 금 가버린 이승의 틈새에 영혼의 물거품이 고

인다

  무서움을 잊기 위해 마음을 비워내고, 기도하는 법을
몰라 흐느끼기만 하고, 설렌 적 없던 은하수를 설레게 떠
올려보고

홀리거나, 끌리거나

불로장생을 소망하는 이여!

나에게 기도하라, 기도하라, 매달리고 또 매달려라.

뭐니 뭐니 해도 생로병사의 비밀이 궁금한 것 아니더냐?

이토록 풍요로운 땅에서 너를 내쫓지 않을 테니,

쓰디쓴 진리 대신 쾌락을 선물해 너의 영혼을 영원히 달콤하게 하고

육신의 고통으로는 아무것도 깨달을 것이 없음을 깨닫게 할 테니,

지금 이곳의 미망이 다름 아닌 천국의 증거인 것을 의심치 않게 할 테니,

두 눈 감고 두 손 들어 제발, 제발 하며 매달려라.

섭생이나 양생은 인간의 일이어도 천수天壽는 마땅히 하늘의 일

죽을 듯 살아가는 것이 죽는 것보다 행복함을 내가 깨우쳐주리라.

네가 목격하는 기적이 어디 그뿐이랴?

나는 저 무례한 자들의 반성 없는 뒤통수에 일격필살의 벼락을 내리치고

매일 밤 멍든 마음을 애무하는 너의 입술에 축복을 내
릴 것이다.

뒤 구린 세상의 일원이 되어 강렬한 냄새를 피우는 똥
물들이

기꺼이 썩어문드러져 환멸이 되게 할 것이다.

시속 이백 킬로미터로 질주하는 무책임과 무감각에게

나는 절대 낙원의 주소를 알려주지 않으리라.

내가 그들을 인도해 아무 짝에도 쓸모없는 인간이 되게
하리라.

그러니 너의 절망에 귀 기울여달라며, 보채지 마라.

백날 천날 죄지은 자들을 일일이 찾아내

보이는 고통을 경험하게 하고 보이지 않는 고통에 길들게
하리라.

어떤 자들은 내가 종잇장처럼 구겨 저 너머로 힘껏 내
던질 것이니,

뒤늦은 후회로는 결코 구원에 이르지 못하리라.

어쩌면 나를 의심하는 이여, 명심하라!

나를 얕잡아보는 배반의 혓바닥은 길게 뽑아내 눈물의
시발점으로 삼을 것이며

교만한 문장들은 그대로 참회록에 옮겨질 것이다.

하루에도 열두 번 기도하라.

나의 전능全能이 아무것도 무심히 지나치지 않으리라.

무엇보다, 순종하는 이는 복을 받고 거역하는 이는 벌을 받게 하리라.

당연히 그러할 일을 마땅히 그러하게 하고

햇볕에 녹아내린 너의 상처를 달빛이 보듬게 하리라.

나의 분노는 쓸데없이 오래 사는 사람들과

너무 아깝게 일찍 세상을 등진 사람들의 운명을 뒤바꿔놓을 것이다.

그리하여 멀리 내어준 만큼 가까이 얻을 것이요,

흔들리고 흔들린 만큼 굳건해진 슬픔이 있을 것이다.

네가 알게 되는 진리가 어디 그뿐이랴?

이생의 모든 영욕이 믿음에서 갈라지는 것임을 너는 잊지 말아라.

시인의 믿음은 패배이며 아비의 믿음은 인내인 것을 이해해

고통이 만들어내는 굳은살이 삶인 것을 사는 동안 절실히 느껴보아라.

믿음의 쓸모가 다하는 날까지 우리는 살아가고 죽어도 죽지 않을 테니,

아무도 그립지 않은 날 비로소 외로움이 본색을 드러낼 것이다.

어느 날 네가 너를 살아서 내려다보게 될 것이다.

이렇게 하루가 조금 더 늙는구나.

네가 기도하는 불신자不信者가 아니라면, 네 앞에서 또 하루가 저물 것이다.

나에게,

충분히 미혹했느냐?

지인

아는 사이입니다. 매우 잘 아는 사이입니다. 이상하게
알기도 하고 정확하게 알기도 합니다. 속속들이 알기도
하고 흐리마리 알기도 합니다. 구태의연하게 알기도 하고
신비롭게 알기도 합니다. 자연스럽게 알기도 하고 부자연
스럽게 알기도 합니다. 가파르게 알기도 하고 완만하게
알기도 합니다. 가볍게 알기도 하고 무겁게 알기도 합니
다. 단단하게 알기도 하고 물렁하게 알기도 합니다. 구부
러지게 알기도 하고 팽팽하게 알기도 합니다. 그럼 그렇
지, 알기도 하고 그럴 리 없어, 알기도 합니다.

우리가 서로 모르는 건, 무엇을 아는가, 그것뿐입니다.

자연의 섭리

나무는 자신감을 갖지 않는다
열정으로 가지를 뻗는 것이 아니다
강은 야망을 품고 흐르지 않으며
바위는 인내가 무엇인지 모른다
희망 때문에 또 봄이 찾아오는 것이라 말할 수 없고
무슨 목적이 있어 비바람이 거세질 리 없다
산새는 부자를 소원하지 않는다
하루치 욕심을 채우면 의심 없이 내일을 기다린다
말라버린 풀잎이 불굴의 의지로 다시 일어설 리 없으며
바다는 용서를 알아 온갖 것에 품을 내주는 것이 아니다
우리가 떠오른다고 믿는 태양은 우리보다 무겁고
달빛이 너그러워 밤을 밝힌다면 거짓말
자연은 오직 자연스럽게 생성하고 소멸한다
어쩌다가 나고 살고 죽는 것이 싫어
인간이 몸부림친들
인간은 자연의 일부라고 배웠다

나를 찾는 여정, 혹은 사랑에 이르는 길

황치복

문학평론가

1. 에고ego, 혹은 자아를 찾는 여정

조항록 시인은 시집 『지나가나 슬픔』을 비롯하여 『근황』, 『거룩한 그물』, 『여기 아닌 곳』 그리고 『눈 한번 감았다 뜰까』 등 다섯 권의 시집을 펴낸 바 있다. 이번 시집이 시인의 여섯 번째 결실인데 그동안 시인은 현대인이 처한 사회적 삶의 조건과 실존적 삶의 곤경에 대한 진지한 모색과 사색을 펼치면서 그것을 도시적 감수성으로 담아내 왔다. 또한 서민들의 신산한 삶의 모습이 주조를 이룬 시인의 시편들은 비애와 우수의 정동으로 가득 차 있었다.

이번 시집은 조항록 시인의 작품 세계에 하나의 전환점

이 될 만하다고 생각하는데, 시적 주체의 본성과 정체성에 대한 사유를 비롯하여 그것을 둘러싼 세계Umwelt에 대한 근원적인 질문과 모색이 이루어지고 있기 때문이다. 이러한 시적 문제의식이 지배하고 있기에 이 시집에서는 시적 사유의 향연이 펼쳐지는데, 아마도 근래 보기 드문 시적 사유의 아름다움을 보여주는 시집으로 기억될 듯하다. 시인은 이번 시집에서 시란 정동의 생성이나 이미지의 창출이라기보다는 시적 사유의 향연이라는 것을 강조하려는 것처럼 보인다. 그만큼 완강하게 사유의 길을 따라서 시상의 행로가 전개되고 있다.

시적 사유의 대상은 물론 시적 질문의 대상이기도 하다. 시인의 주된 질문 대상은 자아와 타자 혹은 자아와 타자가 맺는 관계 등이며, 그러한 관계들이 얽혀서 만들어내는 사회와 인생이 되기도 한다. 여기에 시인이 그동안 견지해왔던 시적 테마 중에서 가장 핵심적인 영역이라고 할 수 있는 사랑 또한 빠지지 않는다. 자아와 타자, 혹은 인간관계와 사랑 등의 주제는 지극히 상식적이고 평범한 주제라고 할 수 있으며, 우리 삶의 매트릭스와 같은 영역이라고 할 수 있다. 따라서 이처럼 우리 삶의 토대와 같은 역할을 하는 영역에 대한 사유는 지극히 근원적이고 원초적인 사유인 셈인데, 그만큼 그것이 어렵고 까다로운 주제라고 할 수 있다. 만약 그러한 근원적인 주제에 대한 사유가 상식적이고 피상적이라면 시는 통속적 철학을 피력

하는 양식으로 전락할 위험성이 크다.

조항록 시인의 이번 시집에서 전개된 사유는 다행히 단조롭지 않고 피상적이지 않으며 옹숭깊은 그윽함이 있고, 드라마와 같은 극적인 전개를 보인다는 점에서 주목된다. 작품 분석을 통해 구체적으로 살펴볼 테지만, 시인의 사유는 굴곡이 없는 평면적이고 일방향적인 것이 아니며, 입체적이고 다원적인 데다 반전이 있어서 극적인 느낌을 주고 있는 것이다. 이러한 진술은 조항록 시인의 시적 사유가 생동감 넘치고 변화무쌍한 흐름을 보이고 있는 현상에 대한 평가와 다르지 않다. 먼저 자아에 대한 시인의 시적 사유를 쫓아가보자.

1

발가벗고 바라보는 거울 속의 나는 젊다 거울 속의 나는 나를 막 후회한다

사기치지 마라 거울 속의 나는 내가 아닌 것 나는 더 이상 젊지 않고 후회는 나의 반성이 아니다

발가벗고 바라보는 거울 속의 내가 운다 거울 속의 나는 내가 막 섭섭하다

엄살떨지 마라 거울 속의 나는 내가 아닌 것 나는 이제 연민이 메말랐고 누가 누구에게 섭섭할 것 하나 없다

2

침묵의 침례,

아무 변명 없이 죄를 씻어내야 할 때,

3

내가 저지른 일을 나 혼자 알고 있다 비밀이 나를 부정할 리 없다 내가 나의 눈치를 보는 날에 비누 거품이 아프다

발가벗고 바라보는 거울 속의 나는 투명하다 나조차 나를 찾지 못한다

아쉬워하지 마라 거울 속의 나는 일찍이 존재하지 않는 것 겨우 복사뼈만큼 달콤했고 방만한 비곗살만큼 어리석었다
　―「목욕」 전문

이 시가 이상의 「거울」을 연상하는 것은 자아 성찰의 기제로서 '거울'이 활용되었기 때문이다. 하지만 이상의 자아 성찰이 현실과 이상으로 분열되어 있었다면 이 시의 자아 분열의 양상은 더욱 심각하다. 발가벗고 목욕을 하는 시적 구도의 설정은 있는 그대로의 진정한 나를 발견하고, 나를 정화하고자 하는 의도를 암시한다. 그런데 있는 그대로의 나의 모습을 반영하는 거울 속의 '나'는 사실 껍질에 불과한 것이며, 그렇기에 허구에 가까운 것이라는 점에서 사태가 여의치 않다. 예컨대 거울 속의 나는 온갖 세속의 때에 물들고, 죄악으로 점철된 현실의 나와 달리 너무 순수하고 깨끗한 형상을 지니고 있다. 그러하기에 사실 거울을 보면서 자아를 발견한다는 것은 "사기"에 가까운 것이며, 불가능한 시도에 불과한 것이다.

거울 속의 나는 순수한 외양만을 지니고 있으며, 내면의 부패와 정신의 타락을 반영하지 못하기에 피상적인 나의 모습일 뿐이다. 그렇기에 거울 속의 나를 보면서 반성하고 속죄하는 것은 부질없는 일이며, 내면으로 침잠하여 "침묵의 침례"를 통해서 "아무 변명 없이 죄를 씻어내"는 것이 중요한 과제가 된다. 그러니까 여기서 중요한 기표로 등장하는 "목욕"은 육신의 때를 씻어내는 것이 아니라 내면의 영혼을 정화하는 것이 진정한 기의인 셈이다. 그러나 거울 속의 나는 "투명"할 뿐이고, 그래서 "나조차 나를 찾지 못하"게 하는 기만으로 작용할 뿐이다. 화자는 "거울 속의 나는 일찍이 존재하지 않는 것"이라고 하면서 투명한 거울 속의 나를 부정하고 마는데, 결과적으로 거울을 보면서 자아를 찾고자 했던 자아의 성찰은 실패한 셈이 된다.

시인은 인형 속에 차례로 작은 인형이 등장하는 러시아의 전통 인형을 시적 제재로 해서 다시금 자아에 대한 성찰을 시도하는데, 거기에서는 "내 안에 참 많은 내가 나를 품고 있는 나/ 내가 누구냐고 나에게 묻고 또 묻는 나// 내가 바라보는 나는 전부 나일 수 있는 나/ 내 안의 내가 나를 증명하는 나// 내 안에 많은 내가 있어 나는 참 어려운 나/ 내가 나를 잘 몰라 나도 모르게 웃기도 하는 나"(「마트료시카」)라고 하면서 수많은 자아로 분열되어 있는 현대적 자아의 위상을 토로하고 있기도 하다. 인형 속의 인형, 그리고 그 인형 속의 인형으로 수없이 반복되는 마트료시카처럼 시적 화자는 자아 속의 자아, 그 자아 속의 자아라는 식으로 수많은 자아들이 우글거리고 있어 어떤 것이 진정한 '나'라고 할 수 있는지 규정하지 못하는 판단 중지의 상태에 빠지고 마는 것이다. 그런데 진정한 '나'라는 것이 있기는 있는 것일까?

내 삶의 주인공은 나라는 카피를 믿지 마

희망을 전단지처럼 나눠주는 사람들을 믿지 마

내가 울어도 배경 음악이 깔리지 않고
가도 가도 막장인지 채널이 돌아가잖아

주인공이라면 폼 한번 죽이게 잡아봐야지
죽을 때 죽더라도 찍소리 한번 내봐야지

인생은 드라마라는데
왠지 이상한 연속극이야

주인공이 너무 시시해,

재미없어,

다음에 궁금한 내용이 점점 없어져,

차라리 **내 삶의 조연은 나**라고 해
내 삶의 시청자는 나라고 해도 좋아

내가 좌절해도 기회는 주어지지 않고
마침내 하려는 말을 비장하게 할 수도 없지

주인공이 죽으면 연속극이 끝나야 하는데
끝날 것 같지 않아

삶이 끝나도 세상은 계속될 거야
내가 일찌감치 이상하다고 했잖아
― 「나는 뭘까?」 전문

일찍이 미시사회학을 개척한 20세기 사회학자 중에서 가장 영향력 있는 학자로 평가받고 있는 어빙 고프먼 Erving Goffman, 1922~1982은 "일상이라는 무대에서 우리는 어떻게 연기하는가"라는 부제를 지닌 『자아연출의 사회학』을 통해 현대인들은 상징계적 질서에 진입하는 순간 무대에서 주어진 역할을 연기하는 배우와 같은 삶을 살게 된다고 진단한 바 있다. 그러니까 사회 구성원의 하나가 되는 순간 우리는 우리의 의지대로 우리의 삶을 꾸리지 못하고, 무대의 연출자가 지시하고 계획한 대로 그 역할을 실행하면서 살아가게 된다는 것이다. 이때 우리의 자유의지라든가 우리의 고유한 정체성 같은 개념은 성립할 수 없게 된다. 사실 어빙 고프먼의 지적이 아니더라도 포스트모더니즘적인 관점에서 볼 때, 주체란 고유한 개성으로 주어지는 것이 아니라 사회의 관습과 이념 등의 시스템에 의해 만들어지는 것이라는 사실은 상식에 속한다.

주체는 선천적으로 태어나는 것이 아니라 후천적으로 만들어진다는 것, 그렇기에 고유한 자아라든가 정체성이라는 개념은 허구에 불과하다는 것, 그리고 주체는 사회적 제도와 역사의 흐름에 따라서 끊임없이 변하는 것이기에 절대적일 수 없으며 가변적이라는 것이다.

이러한 관점에서 볼 때, "내 삶의 주인공은 나라는 카피"는 허구에 가까운 수사이며, 세상은 나를 중심으로 돌아간다는 생각은 순진한 무지에 불과하다. 상징계의 질서에 진입하여 주체가 되는 순간, 즉 이른바 자신의 삶을 책임질 수 있는 어른이 되었을 때란 곧 "하고 싶지 않은 일을 하지 않을 수 없을 때/ 하고 싶은 일을 맘대로 할 수 없을 때"(「어른 1」)라는 것을 생각해보면, 주체는 타율적 의지를 실행하는 하나의 기제에 불과한 것이기 때문이다. 그러니까 "차라리 내 삶의 조연은 나라고 해/ 내 삶의 시청자는 나라고 해도 좋아"라는 구절에서 강조하듯이, 나라는 주체는 내 삶의 주인이 아니라 내 삶의 손님이고, 내 삶의 개척자가 아니라 그것을 지켜보는 관객이라고 할 수 있을 것이다.

내 삶의 주인공이 아닌 주체가 세상의 중심이 될 리가 없다. 그렇기에 "주인공이 죽으면 연속극이 끝나야 하는데/ 끝날 것 같지 않아// 삶이 끝나도 세상은 계속될 거야"라는 시적 진술은 지극히 당연한 이치를 담고 있다. 무대의 배우에 문제가 생기면 그 역할을 담당할 다른 배우가 대기하고 있으며, 그러하기에 무대의 연극은 계속될 것이다. 이런 관점에서 보면 '나'라는 주체는 잠시 무대의 배우 역할을 담당하고 있을 뿐이며, 시간이 지나면 무대에서 퇴장해야 하는 운명을 지니고 있다. 사정이 이렇다면 고유한 '나'라든가 나의 정체성 등의 개념은 성립하기 어려울 것이다. 시인은 시의 제목으로 "나는 뭘까?"라고 묻고 있는데, 그것은 영화 〈매트릭스〉의 등장인물처럼 사회적 프로그램을 실행하는 작인作因, 혹은 에이전트agent라는 답변이 가장 적확할 것이다.

그러나 사태는 그리 단순하지 않아서 이러한 에이전트를 바라보는 '나'가 또 있는데, 우리는 이를 자의식적 자아라고 명명할 수 있다. 이 시에서도 "내 삶의 주인공은 나"라는 광고의 허구성을 성찰하는 나, 즉 나는 차라리 내 삶의 조연이자 시청자가 아닐까 하면서 회의하고 의심하는 또 다른 '나'가 있다. 그것은 "삶이 끝나도 세상은 계속될 거야/ 내가 일찌감치 이상하다고 했잖아"라고 토로하는 주체이기도 한데, 이처럼 주체는 사회적 역할을 담당하는 배우로서의 자아와 그것을 회의하고 반성하는 성찰적 자아로 분열되어 있는 셈이다. 이들은 내 안에서 다음 시에서와 같은 갈등과 긴장의 대립 관계를 형성한다.

내 안의 나와 나의 밖의 나는

이를테면 이념이 다르다

적막을 바라는 내 안의 나와 외로움이 싫은 나의 밖의 나
불화를 꺼리지 않는 내 안의 나와 자주 화해의 손을 내미는 나의
밖의 나

내 안의 내가 나의 밖의 나와 맞닥뜨릴 때
나는 어디서 왔으며 어디로 가는 것이냐

내 안의 내가 존재하므로 나의 밖의 내가 생동한다는 것은
순진한 평화주의자의 아포리즘

내 안의 나와 나의 밖의 나는
한순간도 어긋나버리는 부조화라서

내 안의 나와 나의 밖의 내가 애써 외면할 때
나는 무엇을 알 수 없고 무엇을 알고 싶지 않은 것인지

혼란을 놓치지 않으려는 내 안의 나와 혼란을 내쳐버리는 나의
밖의 나
내막이 궁금한 내 안의 나와 내막을 덮어두려는 나의 밖의 나

내 안의 나와 나의 밖의 내가 부딪쳐 천둥이 울고

내 안의 나와 나의 밖의 내가 번쩍여 번개가 내리꽂히고

나 홀로 내려다보는 창 밖에
폭우에 젖은 지상의 질문들이 고름처럼 흘러 다닌다
— 「나쁜 날씨」 전문

시적 화자는 "내 안의 나와 나의 밖의 나는/ 이를테면
이념이 다르다"라고 하면서 내 안의 나와 나의 밖의 나로
분열된 자아 사이에 건널 수 없는 균열과 간극이 자리 잡
고 있음을 강조한다. 나의 밖의 자아를 사회적 주체로서
의 자아라고 한다면, 내 안의 자아는 실존적 자아, 혹은
본질적 자아라고 할 수 있을 터인데, 실제로 이 시에서 묘
사되고 있는 내 안의 나와 나의 밖의 나는 서로 공존하거
나 공감할 수 없는 이질적인 속성과 성향을 보여주고 있
다. 다양하게 그 속성들이 묘사되고 있지만, 이를 간단히
축약해보면 나의 밖의 나는 현실 추수적인 성향 혹은 세
속적이고 타협적인 자아라고 할 수 있으며, 내 안의 나는
탈세속적이며 있는 그대로를 보존하려는 자연적 본성의
자아라고 할 수 있다. 왜냐하면 나의 밖의 나는 외로움을
기피하는 타협적인 성향을 지니고 있고, 혼란을 꺼리며
내막을 덮어두려는 경향이 있는 반면, 내 안의 나는 적막
을 지향하고 불화를 감내하려고 하는 성향을 지니고 있

으며, 혼란을 수긍하고 내막을 파헤치려는 의지를 지니고 있기 때문이다.

이처럼 대조적인 속성과 성향의 자아가 내 안에 동시에 존재하기 때문에 나라는 주체는 고요한 평정에 이를 수 없을 것이다. 서로 이질적인 속성의 자아가 하나의 주체 안에서 서로 대립하면서 길항하고 있기 때문이다. 시적 화자는 이에 대해 "내 안의 내가 존재하므로 나의 밖의 내가 생동한다는 것은/ 순진한 평화주의자의 아포리즘"이라고 하거나 "내 안의 나와 나의 밖의 나는/ 한순간도 어긋나버리는 부조화"라고 하면서 그 대립과 충돌의 경향성을 강조하고 있다. 시인은 다른 시편에서 "이쪽은 이쪽대로 살면 되고 저쪽은 저쪽대로 살면 그만이다/ 안과 밖/ 앞과 뒤/ 영과 육/ 뭐 그런 이율배반과 자가당착이/ 덜 마른 빨래처럼 포개져 지지고 볶으면 어디서 쉰내가 나는지 분간도 되지 않았다"(「나무젓가락을 쩍 가르다가」)라고 하면서 분열된 자아의 공존 가능성에 대해 타진하고 있기는 하지만, 그것은 언제나 "내 안의 나와 나의 밖의 내가 부딪쳐 천둥이 울고/ 내 안의 나와 나의 밖의 내가 번쩍여 번개가 내리꽂히"는 불화와 충돌을 감당해야 하는 것을 전제한다. 시의 마지막 구절에서 시적 화자가 "폭우에 젖은 지상의 질문들이 고름처럼 흘러 다닌다"고 묘사하고 있는 대목은 내 안의 자아와 나의 밖의 자아가 서로 대립하고 충돌한 결과가 '고름'과 같이 피부

나 조직이 썩거나 괴사를 유발하는 파괴적 결과를 초래할 수 있음을 암시하고 있다. 그러니까 "나쁜 날씨"처럼 주체는 세속적인 사회적 자아와 본질적인 실존적 자아의 대립과 갈등으로 인해서 매일매일 천둥이 치고 번개가 번쩍이는 나쁜 날씨와 같은 상황에 처해 있을 수밖에 없다는 메시지를 함축하고 있는 셈이다. 그런데 자아에 대한 대립과 갈등, 불화와 충돌이라는 이러한 분석과 진단은 자아에 대한 지나친 집착과 분별심이 아닐까?

여기까지 걷느라 희미해졌으니

희미한 것이 불편하지 않은 것

나를 교정하는 부자유를 벗으면

미간을 찡그리는 아름다운 집중력

아내의 주름이 사라지고

지금의 언짢은 것들 생각나지 않고

가까이 머무는 타인들은 아무튼 남남

비로소 보이는 눈먼 사랑이라서

희미해지는 미움의 고비라서

희미한 것이 후회하지 않는 것

극사실주의로 치닫는 현재는 허망해

희미한 것이 지우는 분별과 결심

희미한 것이 피워내는 무심한 찬란

아무것도 아닌, 나의 나
— 「안경을 벗다」 전문

그러니까 시적 논리를 쫓아가보면, 지금까지 자신에 대한 관찰과 성찰이라는 것은 "나를 교정하는 부자유"인 인위적인 안경이 자아낸 환상일 수 있다는 것, 안경으로 선명해진 현실이라는 것은 인위적인 조작에 의해 형성된 "극사실주의로 치닫는 현재"일 수 있다는 것, 그래서 안경을 벗고 육안으로 있는 그대로의 나를 보면, "아무것도 아닌, 나의 나"일 수 있다는 논리가 성립한다. '나'라는 지극히 확실하고 분명하다고 판단되는 주체라는 것이 안경 덕분이라는 것, 그리고 선명하게 그려지는 현실이라는 것이 극사실주의라는 어떤 조작의 결과일 수 있으며, 육안으로 보는 흐릿한 현실이야말로 자연 그대로의 모습일 수 있다는 것은 어떤 역설과 아이러니를 품고 있다. 왜냐하면 현실의 공백과 부재야말로 진정한 현실일 수 있다는 주장이 성립할 수 있기 때문이다.

시적 화자는 흐릿하고 희미한 것이 전혀 "불편하지 않"으며, "아내의 주름이 사라지고" "지금 언짢은 것들"이 모두 무화되는 효과를 발휘한다고 진단한다. 또한 희미한 것은 "분별과 결심"을 지우고, "무심한 찬란"을 피워내고, 결론적으로 "비로소 보이는 눈먼 사랑"의 경지를 펼쳐 보인다고 강조한다. 그러니까 안경을 벗은 희미한 육안은 불편하고 부정적인 것들을 정화하고, 어떤 맹목적인 사랑을 실현하는 기제로 작동하는 것이다. 그리고 궁극적으로 "아무것도 아닌, 나의 나"라는 최종 심급에 도달하게 한다. 시인은 「환영은 나의 힘」이라는 시에서 "신기루에 나의 사랑이 있습니다"라고 고백하기도 하고, "부재不在를 가득 세간으로 들여/ 생활의 기쁨을 만끽합니다// 유치를 뽑아내면 영구치를 얻듯/ 실재實在가 사라진 자리에 무지개가 솟아납니다// 실재가 괴로워 실재를 부정하면/ 아무것도 없는 충만이 펼쳐집니다"라는 아이러니의 논리를 전개한 바 있다. 결국 환영이야말로 진정한 삶의 본모습일 수 있으며, 실재가 아니라 부재가 삶의 풍요로움과 사랑에 이르게 할 수 있는 기제임을 갈파하고 있는 셈이다.

인용한 시에서는 안경을 벗고 흐릿하고 희미해진 세상이 그러한 역할을 하는데, 희미한 세상이란 결국 있는 그대로의 세상이 아니며, 환영이나 환각과도 같은 세상이라고 할 수 있다. 이러한 관점에서 보면, 나라는 것도 어떤 꿈과 같은 것, 신기루와 같은 것이 아닐 수 없다. 꿈과 같은 세상을 살아가는 주체란 역시 환영과도 같은 존재일 수 있기에 너와 나의 분별이라든가, 나를 나이게 하는 것 등에 대한 관념을 무화시키고 만다. 부재와 환영에 의해서 형성되는 것이 주체라면 주체를 주체이게 하는 정체성으로서의 고정불변하는 본성은 존재할 수 없을 것이다. 그것은 꿈과 같이 허망한 것이며, 가변적이고 순간을 명멸하는 찰나적인 것일 수 있기 때문이다. 시인의 자아에 대한 성찰이 도달한 하나의 극점이라 할 수 있다. 그렇다면 시인이 상정하는 자아를 벗어난 영역, 즉 타자와 함께 형성하는 공동체의 영역은 어떤 모습일까?

2. 자아와 타자, 혹은 관계와 섭리

서로 등 돌리고 앉아
흐린 불빛 속에 한낮의 오해를 펼쳐놓았지

너는 나를 바라보지 않았고
나는 너를 미워한 적 없어 결코 사랑한 적 없어

밤이 되어 서로의 술잔에 맹물을 따랐지
우리는 등 돌리고도 건배할 수 있는 불가사의

우리의 가식을 위하여
어쩌면 우리의 종말을 위하여

밤이 깊을수록 그리워하는 일이 점점 어려웠지
밤이 오면 오직 순간을 들이켤 뿐

순간의 영원을 궁리하며
나와 너는 서로에게 한눈을 팔았지

밤하늘에 낱낱의 별이 뜨고
각각의 별빛으로 붉게 물들어갔지
―「섬」 전문

너와 나의 관계를 다루고 있는 작품인데, "섬"이라는 제목이 그 관계의 양상을 응축하고 있다. 그러니까 망망대해의 섬과 같이 홀로 존재하는 개체들이 서로 관계를 맺는다는 것, 그래서 어떠한 화학적 결합이나 교감 없이 냉정한 사물처럼 그렇게 관계를 맺고 있다는 것을 "섬"이라는 이미지를 통해서 함축하고 있는 셈이다. 또한 이 시에 동원되는 주요한 어휘들, 즉 "오해", "가식", "종말" 등 관계의 부정적 가치를 의미하는 어휘들이 "나와 너"의 관계가 직면하고 있는 진실을 시사하고 있다. 그리고 반복되는 표현인 "등 돌리고 앉아"라든가 "등 돌리고도 건배할 수 있는" 등의 구절들이 파행적인 관계의 양상을 대변해주고 있다.

　그렇다면 구체적으로 그들이 형성하는 관계의 양상은 어떤가? "너는 나를 바라보지 않았고/ 나는 너를 미워한 적 없어 결코 사랑한 적 없"다는 대목에서 유추할 수 있듯이, 자아와 타자는 서로 마주보지 않으며, 미워하지도 않고 사랑하지도 않는 무관심으로 일관한다. "밤이 되어 서로의 술잔에 맹물을 따랐지"에서 알 수 있듯 무색, 무미, 무취라는 무관심의 극단이 둘 사이를 지배하고 있었던 것이다. "순간의 영원을 궁리하며/ 나와 너는 서로에게 한눈을 팔았지"라는 대목을 보면, 상대방의 존재 이유는 바로 잠시의 한눈을 팔기 위한 것, 즉 외도의 대상으로만 그 필요성이 충족되는 것이라는 점에서 비극성이 발생한다. 그러니까 너와 나의 관계는 지속적이고 인격적인 관계가 아니라 순간의 만족만을 추구하기 위한 것이라는 점에서 외설적이다.

결론적으로 너와 나는 "밤하늘에 낱낱의 별"과 같이 "각각의 별빛으로 붉게 물들어"가는 운명을 살아가고 있다는 점에서 하나의 섬과 같은 존재 양상을 지니고 있는 셈이다. 수억 광년이 떨어진 곳에서 외롭게 빛나는 "각각의 별"처럼, 거센 파도와 물결이 갈라놓는 섬과 같이 존재하는 자아와 타자의 관계 양상에는 비관적인 세계관이 내재되어 있다. 앞서 분석한 자아의 양상을 상기해보면, 시인이 보기에 현대인들은 분열된 자아의 갈등과 대립으로 혼란 속에 거주하면서 오해와 가식이라는 파행적인 타자와의 관계 속에서 고독한 섬처럼 떠도는 이중의 혼란을 경험하고 있는 셈이다. 「절교를 품다」라든가 「이별을 고하다」라는 작품들도 이러한 파국적인 관계를 암시하고 있거니와 타자와의 관계가 이렇다면 주체는 타자로부터 상처받지 않기 위해서 방어적인 태도를 취할 수밖에 없을 것이다.

시인은 「상처 예방법」이라는 시에서 "나는 너를 착각하지 않는다/ 실연의 골절이 나를 망가뜨리니까"라고 하면서 상처를 예방하기 위한 방어적 전략을 소개한다. 그

러면서 "내가 너를 소망하지 않으면/ 내가 나를 미워할
리 없으니까"라고 하거나 "얼마나 단호한가/ 나는 슬퍼
도 너를 살아가지 않는다"라고 하면서 애써 상대방에 대
한 기대와 선의를 포기할 것을 권유하고, 고독하지만 단
독자로서의 파편적인 삶을 살아갈 것을 다짐하기도 한다.
그렇다면 시인은 왜 이리 타자와의 관계에 대해서 회의적
이고 비관적인 태도를 취하는 것일까? 다음 작품에서처럼
자아의 분열과 마찬가지로 자아와 타자 사이에는 건너갈
수 없는 심연이 존재하기 때문이다.

　- 허무해, 일장춘몽이야. 한바탕 봄꿈이라니.

　- 삼월에는 우리 집에 기념일이 참 많아요. 생일이 두 번이고 입학
식도 있잖아요.

　- 한바탕 봄꿈이라니까.

　- 그래도 인생은 아름답잖아요. 생일에는 케이크를, 입학식 때는
꽃다발을 사도록 해요.

　- 요즘은 나비가 잘 보이지 않더구나. 호접지몽이야, 내가 나비인
지 나비가 나인지.

- 삼월에는 개구리도 잠에서 깨어나요.

- 잠에서 깨어나면 우리는 여기에 없는 거야. 우리가 없는데 기념일이 다 무슨 소용이라니.

- 그래도 삶은 축복이잖아요. 기념일에는 맛있는 음식을 실컷 먹을 수 있어서 좋아요.

- 다들 먹고살자고 안달복달이구나. 열흘 붉은 꽃 없다는데.

- 꽃이 지면 열매가 달리잖아요.

- 꽃이 지면 그늘이 달린단다.

(…중략…)

- 사람 사는 게 거기서 거기지. 우리라고 다르지 않아. 한바탕 봄꿈일 뿐이라니까.

- 꿈이라도 즐겁게 꾸는 편이 낫잖아요. 삼월에는 우리 집에 기념일이 참 많다니까요.

- 그놈의 기념일 타령. 삼월에는 할머니 제삿날도 있단다. 봄에는 이미 져버린 꽃의 그늘도 추념할 줄 알아야지.

- 죄송해요, 할머니를 깜빡 잊었어요.

- 아니다, 잠깐 다녀갔으니 금방 잊히는 법이지. 망각이야말로 신이 인간에게 준 최고의 선물이잖니.

- 이번 제사상에 잊지 말고 수박을 꼭 올렸으면 해요. 봄수박이라 비싸겠지만 정말 먹고 싶거든요.

- 다 산 사람 먹자고 차리는 상인데 무슨 상관이겠니. 아, 내가 진작에 허무하다고 했잖니.
　―「동문서답」 부분

　부자로 추정되는 두 사람의 대화가 이루어지고 있는데, 아버지로 추정되는 전자는 염세적이며 비관적인 세계관을 피력하고 있고, 아들로 추정되는 후자는 그래도 세상이 살 만한 곳이라는 낙천적이고 긍정적인 세계관을 토로하고 있다. 이들은 사사건건 같은 사건에 대해 서로 대립되는 관점으로 충돌하는데, 그 대화는 북극과 남극처럼 극단적으로 떨어져 있기에 어떤 교감이나 공감대를 형성하기 어려워 보인다.

세계관을 구체적으로 살펴보면, 아버지로 대변되는 나의 세계관은 "허무해, 일장춘몽이야, 한바탕 봄꿈이라니."라는 독백에 응축되어 있는데, 삶이란 꿈과 같은 것이어서 실질적인 가치를 발견하기 어렵다는 회의적인 시각이다. 반면 아들의 이야기로 드러나는 타자의 세계관은 "그래도 인생은 아름답잖아요"라든가 "그래도 삶은 축복이잖아요", 그리고 "꿈이라도 즐겁게 꾸는 편이 낫잖아요"라는 구절에 응축되어 있는데, 삶이란 "기념일"과 같은 것이어서 매일 매일이 놀라움과 이벤트의 연속과도 같은 축복의 나날일 수 있다는 관점이다.

이렇게 삶의 관점이 서로 극단적으로 다르기에 이들은 사사건건 충돌하고 대립해 결코 어떤 화해와 공감의 계기가 발견되지 않는다. 나는 인생이란 일장춘몽이며 호접지몽과도 같은 것이기에 거기에 연연해할 필요가 없음을 피력한다. 하지만 타자는 그렇다 치더라도 삶을 기념일처럼 축복하면서 최선을 다할 것을 강조한다. 나는 페시미즘적인 사고를 지니고 있기에 "열흘 붉은 꽃 없다"는 사실을 강조하고, 망각이야말로 최선의 인생관임을 내세운다. 하지만 타자는 "꽃이 지면 열매가 달린"는 사실에 주목하며 기억하고 기념하는 것이 최선의 삶의 방식임을 역설한다. 이처럼 끊임없이 자신의 입장만을 강변하는 두 사람의 이야기는 대화라기보다 일방적인 선언처럼 보이기도 한다.

끝없이 반복하면서 자기 입장만을 개진하는 대화는 두 사람의 견해가 결코 서로 접하는 지점을 발견하지 못하고 평행선을 그으며 나아갈 것을 시사한다. 그런데 사실 자아와 타자의 관계는 그렇게 이질적인 속성을 지닌 채 평행선을 그으며 역사라는 기차를 나아가게 하고, 자연의 질서와 이법을 실현하는 것이 아닐까? 다음 시가 그러한 점을 음미하게 한다.

아내가 죽은 옆집 남자는 사지를 허둥거린다
질서를 잃어버렸다

당연하게 여겼던 것들이 당연하지 않고
무심코 지나쳤던 일들에 은유가 있다

별안간 엉망진창이 되어버린 것에 대해
눈 깜짝할 새 사라져버린 것에 대해

때가 되어 달라지고 때가 되어 알게 된 것에 대해
아내가 죽은 옆집 남자는 말없이 중얼거린다

바람을 움켜쥐려다가 바람만 움켜쥐려다가
아내가 죽은 옆집 남자는 쓸쓸히 찬밥을 먹는다

성실한 계절을 잃어버린 식물인 듯
아내가 죽은 옆집 남자는 누렇게 시들어간다

하늘과 땅 사이 제일 무서운 비밀은 섭리
보이지 않는 섭리가 만물을 계획하고 실천하므로

한때의 섭리가 질서를 만들었던 것이다
아내가 죽은 옆집 남자는 실타래같이 헝클어진다

어느 날 와장창 질서가 깨져버린 옆집 남자는
창가에 젖은 빨래처럼 앉아 무질서한 하루를 말린다

질서가 일상을 가져왔던 것이다
질서가 아내를 데려다주었던 것이다
—「질서」전문

　아내를 잃은 옆집 남자에 대해서 시적 화자는 비탄에
빠졌다거나 상실감에 허우적거린다고 표현하기보다는
"질서를 잃어버렸다"고 표현한다. "당연하게 여겼던 것들
이 당연하지 않"게 되고, 모든 것이 "별안간 엉망진창이
되어버"렸기 때문이다. 질서를 잃어버린 옆집 남자의 모

습에 대해 시적 화자는 "아내가 죽은 옆집 남자는 실타래 같이 헝클어진다"라고 표현하기도 하고, "어느 날 와장창 질서가 깨져버린 옆집 남자는/ 창가에 젖은 빨래처럼 앉아 무질서한 하루를 말린다"고 묘사하기도 한다. 헝클어지고, 허물어지고, 깨져버린 남자의 형상은 물론 무질서한 삶의 모습을 대변해주는데, 그러한 몰락과 파국의 결과가 아내의 죽음에서 야기된 것이라는 점에 주목할 필요가 있다. 그러니까 아내가 있었을 때는 그들 관계가 어땠을지 모르지만 질서가 있었고, 질서 있는 삶이 가능했다는 것을 생각해보면, 질서라는 것은 자아와 타자의 관계 형성에서 비롯되는 것이라는 점을 추론할 수 있다.

시적 화자는 질서의 원인이라든가 근원을 진단하면서 "하늘과 땅 사이 제일 무서운 비밀은 섭리/ 보이지 않는 섭리가 만물을 계획하고 실천하므로// 한때의 섭리가 질서를 만들었던 것이다"라고 선언한다. 그러니까 자연계를 지배하고 있는 원리와 법칙인 섭리가 질서를 계획하고 창출했다는 것인데, 이러한 진술은 자아와 타자, 남자와 여자가 서로 만나 관계를 형성하면서 삶을 영위하는 것이야말로 자연의 질서에 부합하는 행위라는 것을 분명히 한다. 그래서 시적 화자는 시의 마지막 구절에서 일상이 질서를 가져오는 것이 아니라 "질서가 일상을 가져왔던 것이다"라고 주장하기도 하고, 아내가 질서를 가져온 것이 아니라 "질서가 아내를 데려다주었던 것이다"라고 선언

한다.

이러한 전환은 매우 주목할 만한데, 주체와 타자에 대해서 탐색하고 자아와 타자의 관계에 대해서 모색하던 시인의 관점이 주체적이고 능동적인 태도를 전제한다면, 이러한 명제에서의 태도란 탈주체적이며 수동적인 태도를 함축하고 있기 때문이다. "질서가 아내를 데려다주었던 것이다"라는 진술 속에는 자연의 섭리가 우선하고, 그러한 섭리에 따라서 아내와 남편의 관계가 형성된 것이 된다. 그러니까 아내가 질서를 형성할 수는 없다는 것, 따라서 남편도 그것은 불가능하며 누구도 능동적으로 그것을 실현할 수는 없는 셈이다. 한편으로 남자와 여자가 관계를 맺는 것은 자연의 섭리의 계획과 실천에 따라 이루어지는 것이기 때문에 논리적으로 누구도 그것을 거부하거나 부정할 수 없다. 그러니까 자아와 타자는 수동적으로 그러한 섭리를 받아들이고 순응할 수밖에 없으며, 그것을 거부할 때에는 질서를 잃어버리고 무질서에 빠질 수밖에 없는 셈이다. 시인의 삶의 태도가 의지적이고 능동적인 것에서 순응적이고 수동적인 것으로 바뀌고 있는데, 이러한 전환은 시인으로 하여금 진정한 사랑에 대해서 눈을 뜨게 하는 계기로 작용한다.

3. 사랑, 혹은 자연의 섭리

이유 따위 묻지 말 것
사랑이 일종의 가설일 수 있으나
절차를 따지며
자료를 들먹이며
사랑의 실존을 모르는 척하지 말 것

모든 변절이 가능한 세상에서
때로는 죽음마저 믿을 수 없는 것
무엇을 어떻게 검증할지
사랑은 아무 근거 없이
사랑으로 확인되는 것

나는 사랑한다, 라는 명제에서
단 하나의 결심은 출발하고
실험을 시도해도
증명을 요구해도
단 하나의 결론은 여기에 존재하는 것
— 「연역적 사랑」 전문

"사랑도 일종의 가설"이라면 이러한 가설로부터 이론

적으로 도출된 결과가 관찰이나 실험에 의하여 검증되어야 진리가 되며, 논리적 추론의 절차를 준수하고 근거가되는 자료를 제시할 필요가 있을 것이다. 그러나 사랑은 "나는 사랑한다"는 명제에서 출발하고 모든 근거와 자료가 그 명제 자체에서 도출된다. 나는 사랑하기 때문에 사랑하는 것이지, 다양한 증거와 근거들이 있기 때문에 사랑하는 것은 아니다. 사랑은 실제로 존재하는 것으로 자기 존재 증명을 하는 것이지 다른 보조적인 수단을 통해서 증명하는 것이 아니라는 점에서 절대적인 성격을 지니고 있는 셈인데, 시인은 사랑의 이러한 성격을 들어서 "연역적인 사랑"이라고 명명한다.

그러니까 "사랑은 아무 근거 없이/ 사랑으로 확인되는 것"일 뿐이며, "나는 사랑한다"라는 명제에서 사랑하겠다는 결심이 생성되고, 사랑한다는 결론도 추출된다. 사랑에는 조건도, 근거도, 형식도 필요한 것이 아니며 단지 "나는 사랑한다"는 사실만 필요한 것인데, 시인이 보기에 이 세상에서 가장 확실한 것이며 명증한 것으로 보인다. "모든 변절이 가능한 세상에서/ 때로는 죽음마저 믿을 수 없는 것"이 세상의 이치인데, 사랑만큼은 아무런 검증과 근거도 없이 그 자체로 명증하게 확인되는 것이기 때문이다.

시적 화자는 "이유 따위는 묻지 말 것"이라고 하면서 사랑에는 사랑에 이르게 되는 계기라든가 원인이 중요한 것이 아님을 시사한다. 그러니까 사랑은 어떤 원인과 이유에 의해서 마음에 애정의 정동이 생성되는 것일 수 있지만, 그것이 중요한 것은 아니며 사랑하는 자체가 중요하다는 것이다. 이러한 진술을 곰곰이 되새겨보면 사랑은 주체적이고 능동적인 것이라기보다는 타율적이고 수동적인 성격을 내포하고 있다. 그러니까 사랑은 주체적이고 의지적으로 사랑하는 것이 아니라 어떤 힘에 의해서 사랑하게 되는 것이며, 그 사랑으로 인해서 자신의 삶이 변화하게 된다는 것이다. 사랑은 타자의 존재를 받아들이고 공감의 관계를 형성하고, 그로 인해서 자아의 변형을 전제하기 때문이다. 다음 작품이 사랑의 이러한 속성을 잘 보여준다.

나의 무늬와 너의 무늬가 만나
생활을 적시면
그런 것을 얼룩이라고 부르자

꽃잎이, 뭉게구름이,
천국이 아니어도 상관없으니

갖은 사연이 뒤섞여 각인된 흉터 같은
일종의 문신 같은
그런 것을 얼룩이라고 부르자

지린내로, 찌개국물로,
애간장으로 만들어낸 눈물이어도 괜찮으니

나의 무늬와 너의 무늬는 잊고
미운 정까지 들어버린
그런 것을 얼룩이라고 부르자

감추려 하지 말 것
지우려 하지 말 것
부끄러워 달아나려 애쓰지 말 것

얼룩은 무늬보다 아름다운 인간의 언어
얼룩진 창문을 들여다보면
담요 안에 언 발을 넣고 모여 앉은 희극들

나와 너의 얼룩이 바싹 말라 먼지가 될 때까지
불가항력의 내막을
그런 것을 보석이라고 부르자
— 「동고동락」 전문

"얼룩"이라든가 "흉터", 혹은 "문신" 같은 이미지들이 사랑의 실체를 표상해준다. 물론 이러한 이미지들은 "꽃잎"이라든가, "뭉게구름", "천국"의 이미지들이 함축하는 의미와는 일정한 거리를 지닌다. 오히려 그것들은 "지린내"라든가 "찌개국물", 혹은 "애간장으로 만들어낸 눈물"의 이미지와 유사한 속성을 지니고 있다. 물론 시의 제목으로 제시된 동고동락同苦同樂의 의미 또한 얼룩이라든가 흉터의 이미지 속에 내포되어 있다. 고통을 함께하고 즐거움을 함께하는 것이 진정한 사랑이라면 사랑은 얼룩과 흉터의 모습을 하고 있는 셈이다.

그런데 그 얼룩은 "나의 무늬와 너의 무늬가 만나" 생성된 것이기도 하지만, "나의 무늬와 너의 무늬는 잊고"라는 구절에서 알 수 있듯이, 자신만의 고유한 무늬를 포기하고 만들어진 것이기도 하다. 그러니까 얼룩은 나의 무늬와 너의 무늬가 없어지면서 공동으로 함께 생성해낸 것으로서 나의 것이기도 하고, 동시에 너의 것이기도 하다. 얼룩은 무늬와 무늬가 만나서 만들어낸 제3의 무늬인 셈인데, 그 속에는 자아와 타자가 자신을 해체한 채 새로운 존재로 거듭난 모습으로 내재한다. 시인은 그러한 의미를 읽어내며 "얼룩은 무늬보다 아름다운 인간의 언어"라고 명명하는데, 이는 개체들의 파편화된 언어가 아니라 개체들의 관계가 만들어낸 것이기 때문일 것이며, 앞서 살펴본 것처럼 거기에는 질서가 깃들어 있기 때문일 것이다.

시인은 "나와 너의 얼룩이 바싹 말라 먼지가 될 때까

지/ 불가항력의 내막을/ 그런 것을 보석이라고 부르자"
라고 하면서 시상을 마무리짓는데, 여기서 주목되는 구절
은 역시 "불가항력의 내막"이라는 표현이다. 나와 너의 무
늬가 만들어낸 얼룩, 그리고 그것이 말라 먼지가 되는 과
정에는 불가항력적인 내막이 잠재해 있다는 시적 진술은
「질서」라는 작품의 "하늘과 땅 사이 제일 무서운 비밀은
섭리"라든가 "보이지 않는 섭리가 만물을 계획하고 실천
하므로"라는 표현을 상기하게 한다. 질서라는 섭리가 아
내를 데려다주었던 것처럼 얼룩 또한 어떤 불가항력적인
존재가 그렇게 되도록 예정하고 계획했던 것일 수 있는
것이다. 그렇다면 괴로움을 함께하고 즐거움을 함께하는
진정한 사랑, 그리고 얼룩을 만들어내는 두 존재의 결합
이라는 것은 결국 어떤 섭리와 질서에 순응하고 귀의하는
것이 될 수도 있을 것이다.

　지금까지 자아의 탐구에서 시작하여 자아와 타자의 관
계, 그리고 진정한 사랑의 의미에 이르기까지 시인의 시적
사유가 웅숭깊고 그윽한 국면을 형성하고 있는 장면들을
더듬어보았다. 그 과정에서 진정한 자아는 환영에 속할지
모른다는 역설과 아이러니를 목격했고, 자아와 타자의 관
계는 이질성의 충돌과 대립으로 점철되어 있지만 그것 또
한 자연의 섭리가 마련한 질서일 수 있다는 반전을 확인
할 수 있었다. 그리고 진정한 사랑이란 연역적으로 증명
되는 사랑이며, 자아와 타자가 만나 자신을 해체하며 새

로운 얼룩을 생성하는 것일 수 있는데, 그 또한 질서처럼 자연의 섭리 영역에 있을 수 있음을 알게 되었다. 그리하여 조항록 시인은 지금까지의 시적 사유도 아름답고 그윽하지만, 앞으로 전개될 것으로 예상되는 자연의 섭리에 대한 사유 또한 독자를 흥분시키기에 충분하다. 시인은 자신의 시적 사유가 위대한 수동성으로 향하고 있음을 넌지시 암시하면서 예고처럼 다음과 같은 아름다운 시를 시집 맨 끝에 배치하고 있다. 앞으로 전개될 시인의 시적 사유를 기대하며 전문을 인용해둔다.

나무는 자신감을 갖지 않는다
열정으로 가지를 뻗는 것이 아니다
강은 야망을 품고 흐르지 않으며
바위는 인내가 무엇인지 모른다
희망 때문에 또 봄이 찾아오는 것이라 말할 수 없고
무슨 목적이 있어 비바람이 거세질 리 없다
산새는 부자를 소원하지 않는다
하루치 욕심을 채우면 의심 없이 내일을 기다린다
말라버린 풀잎이 불굴의 의지로 다시 일어설 리 없으며
바다는 용서를 알아 온갖 것에 품을 내주는 것이 아니다
우리가 떠오른다고 믿는 태양은 우리보다 무겁고
달빛이 너그러워 밤을 밝힌다면 거짓말

자연은 오직 자연스럽게 생성하고 소멸한다

어쩌다가 나고 살고 죽는 것이 싫어

인간이 몸부림친들

인간은 자연의 일부라고 배웠다

— 「자연의 섭리」 전문

달아실시선 67

나는 참 어려운 나

1판 1쇄 발행	2023년 7월 28일
지은이	조항록
발행인	윤미소
발행처	(주)달아실출판사
책임편집	박제영
디자인	전부다
법률자문	김용진, 이종진
주소	강원도 춘천시 춘천로 257, 2층
전화	033-241-7661
팩스	033-241-7662
이메일	dalasilmoongo@naver.com
출판등록	2016년 12월 30일 제494호

ⓒ 조항록, 2023
ISBN 979-11-91668-81-0 03810